表御番医師診療禄11

埋伏

上田秀人

角川文庫
20790

目次

主要登場人物

●矢切良衛《やきりりようえい》
江戸城中での診療にあたる表御番医師。今大路家の弥須子と婚姻。息子の一弥を儲ける。その後、御広敷番医師へ出世する。

●三造《さんぞう》
先代から矢切家に仕える老爺。良衛の身の回りの世話から診療の手伝いまで行う。

●真野《まの》
本所、深川の顔役となった浪人。良衛に仲間の命を救われ、協力関係になる。

●今大路兵部大輔《いまおおじひようべだゆう》
幕府の典薬頭。良衛の妻・弥須子の父。

●徳川綱吉《とくがわつなよし》
第五代将軍。良衛の長崎遊学を許す。

第一章　女のゆらぎ

一

普医は病を治し、良医は人を治す。そして名医は国を治す。この格言から、名医のことを国手《こくしゅ》と呼ぶようになった。

これには、下医は病しか診ず、中医は人を観る。そして上医は国を救う。他の言いかたもあるが、ここから来ていた。

どちらにせよ、国手とは名医のことを指した。

「先生のようなお医者さまを国手と言うのでございましょうな」

急に腹痛を訴え、夜中に往診を求めた豪商津軽屋《つがるや》正右衛門《しょうえもん》が、矢切良衛《やきりりょうえい》を讃《たた》えた。

「勘弁していただきたい。そのような重いものを乗せられてはたまらぬ」

患者である津軽屋正右衛門の娘の診察を終えて、出された茶を喫していた良衛が手を振った。

「いやいや、先生を名医と言わず、誰をそう呼べばよろしいので」

相伴でお茶を飲んでいた津軽屋正右衛門が険しい表情をした。

「おわかりとは存じますが、当家が先生にお願いするのは初めてでございまする」

かかりつけではないと津軽屋正右衛門が述べた。

「言わずもがなでございますが、当家にもお願いしている本道のお医者さまがおられました」

しっかりと津軽屋正右衛門は過去の話にしている。

「真っ先に人をやりました。娘が苦しんでいると」

「…………」

親というのは子のためなら必死になれる。良衛も一人息子一弥《いちや》に何かあれば、平静でいられる自信はなかった。

「行けないと……」

津軽屋正右衛門が震えた。

「なぜでござる。医者の門は閉じられてはならぬ。これは最初に学ぶこと」

かかりつけの患者が診察を求めたならば応じるのが、医者の仕事であり、義務である。

「酒でございますよ。島田妙庵《しまだみようあん》先生は、お酒好きで、晩酌を欠かされないお方」

「診察に差し障るほど呑《の》むなど」

良衛も酒はたしなむ。さすがに毎日は呑まないが、一日の診療で疲れた頭と心を酒はほぐしてくれるので稀《まれ》に杯を傾けることもある。

もちろん、外道医師であるだけに、万一のとき尖刀《せんとう》の先が狂っては困る。呑んでも、井戸端で冷水を数杯被《かぶ》れば醒《さ》めるていどしかたしなまない。

「いささか過ぎられたようでしてな。弟子がいくら起こしても、目覚められなかった」

「…………」

基本医者は他の医者の悪口を言わない。それが患者の不審を招いて、与えられた薬を服用しなくなったり、信用できないと診療を拒むようになっては、治るものも治らなくなるからだ。

思わず、島田妙庵を罵《のの》しりそうになった良衛だったが、なんとか我慢した。

「そこで島田妙庵先生をあきらめ、一町隣の別のお医者さまをお願いしたのですが……普段診ていない患家《かんか》の往診はできぬと」

「それはあるの」

良衛は嘆息した。

「なぜでございますか」

津軽屋正右衛門が問うた。

「診たことのない患家の急症状には強い薬を遣うときがある。もし、体質に合わなければ薬は毒になる。それこそ医者が患家を殺しかねぬ」

良衛が首を横に振った。

「では、先生はなぜお受けくださいました。娘を死なせるかも知れないというに」

真剣な眼差《まなざ》しで津軽屋正右衛門が訊《き》いた。

「津軽屋どの。医者は患家がおらねば生きていけぬのでございますぞ。そこに診察を、治療を求める患家があれば、医者は応じるものでござる。薬などの不安は、実際に診てみなければわかりますまい。合わぬ薬もあれば、合う薬もござる。それを探すのも医者の仕事」

良衛も真摯《しんし》に応じた。

「……畏《おそ》れ入りました」

津軽屋正右衛門が手を突いた。

「旦那《だんな》さま」

娘に付いている母親が、襖《ふすま》を少しだけ開けて顔を見せた。

「どうだい、恒《つね》の様子は」

「よく眠っておりまする」

母親の目が潤んでいた。

「そうかい、そうかい」

津軽屋正右衛門が喜んだ。

「さて、どうやら娘御も落ち着かれたようだ。そろそろ失礼しよう」

良衛は湯飲みを置いた。

「先生、娘は……」

「このまま寝かしておかれるとよい。おそらく胃の腑《ふ》がなにかの拍子に急激によじれたことが原因だと思う。今は鎮痛と眠りの薬を遣っておるが、このあたりは続けてよいものではない」

良衛は娘の症状を胃の腑の痙攣《けいれん》と診立てていた。

「明日、昼過ぎにまた参るがの」

言葉を切って、良衛が母親を見た。

「この胃の腑のねじれは、心の辛《つら》さから来ることが多い。もちろん、食べ過ぎや食い合わせ、冷えなどからも起こるが、年頃の娘御ならば……」

最後まで良衛は言わなかった。

「……ああ」

母親が目を閉じた。

「おまえ、思いあたることがあるのか」

津軽屋正右衛門が、驚いた。

「恒は、わたしにはなにも言わないのに……」

「女親にしか話せないこともござる。男親は温かく見守ってやるのが務め」

ますぞ。その代わり、男親はこういったときに無力なものでござい
嘆く津軽屋正右衛門を、良衛はなぐさめた。

「し、しかし、恒は一人娘で当家の跡継ぎで」

「身体を壊しては、跡継ぎもなにもございませぬ。娘御に頼られる父親になられたいならば、大風にも揺らがぬ大木のようにかばってあげなされ」

「大木のように……」

津軽屋正右衛門が良衛のたとえを繰り返した。

「あとはご家族の範疇《はんちゅう》でござる」

良衛は立ちあがった。

「ありがとうございました。お礼は明日に伺わせていただきまする」

「すまぬが、昼まで城中に詰めておらねばならぬのでな。お見えいただくならば、夕刻あたりにお願いいいたしたい」

頭《こうべ》を垂れた津軽屋正右衛門へ良衛は求めた。

「もし、愚昧《ぐまい》が登城中になにかございましたら……」

懐紙を取り出した良衛が、筆を走らせた。

「愚昧の診立てと投薬を記しておりまする。これを本道の医師に見せてくだされば、対応してくれましょう」

「よろしいのでございますか」

医者の診立ても投薬も、秘事に入る。他の医師に知られれば、その技を盗まれることから、秘伝としている者がほとんどであった。

「このていどならば」

良衛は笑って見せた。

「矢切先生、なにとぞ、今後もよろしくお願いいたしまする」

「…………」

津軽屋正右衛門と妻女が礼をした。

「こちらこそ、よしなに」

豪商とのつきあいは、なによりありがたいことであった。基本診察は無料という形を取り、謝礼金を当てにしている医者にとって、患者の経済状態は収入に直結する。他にもかかりつけになれれば、節季ごとの挨拶金などももらえる。良衛くらいの町医者ならば、津軽屋一軒で半年は喰《く》えた。


急患の対応は医者の責務であるが、疲れるのは当然である。

夜中に往診し、夜明け近くに帰って来た良衛は、もう一度夜具にくるまりたいのを我慢して、登城の用意にかかった。

「大丈夫でございますか」

唯一の奉公人三造《さんぞう》が気遣った。

「今寝たほうがかえって辛い。下城してから少し午睡を取る」

良衛は首を横に振った。

「少し早いが登城しよう」

身体を鈍らせないためにやっている、日課の素振りをする元気はない。良衛は己を鼓舞するように、大きい声を出した。

「行ってらっしゃいませ」

「後は頼む」

三造に見送られて、良衛は江戸《えど》城を目指した。

良衛は御広敷番《おひろしきばん》医師を務めている。御広敷番医師は、表御番医師と並んで番医師と呼ばれ、お目見え格以上、若年寄支配で持ち高勤めであった。もっとも二百俵に満たない者は、役料として百俵与えられるため、本禄《ろく》百七十俵の良衛は、現在二百七十俵もらえていた。

御番医師は桔梗《ききょう》の間に殿中席を持つが入るのは式日だけで、御広敷番医師は普段、御広敷にある医師溜《だまり》に詰めた。

御広敷番医師は、大奥の女中たちの診察、治療に当たることから、登城も大手《おおて》門ではなく、大奥出入り門とされる平川《ひらかわ》門を使用した。

「お早うございまする」

御広敷番医師溜に入った良衛に、宿直《とのい》番の御広敷番医師が声をかけてきた。

「お早うございまする。お疲れでございましょう」

良衛も応じ、宿直番の医師たちをねぎらった。

「なにか、お伺いしておくべきことはございまするや」

荷物を置いて、良衛は問うた。

前夜の間に、異変を起こした患者がいた場合、どのような症状でどういった対応をしたか、病名はなんとしたかを知っておかなければ、後で困ることになる。

医者にとって患者の引き継ぎは大切なことであった。

「昨夜は一人でござった。夜半すぎ、腹痛を起こした女中に呼び出されて、愚昧が参りました。診立ては胃の腑の痙攣、温石を抱かせ、芍薬甘草湯《しゃくやくかんぞうとう》を投薬してござる」

壮年の御広敷番医師が答えた。

芍薬甘草湯は、芍薬と甘草を同量合わせた粉砕薬で、筋の痛み、腹部の痙攣によく効く。

「また、胃の腑の痙攣でございますか」

「またとは……」

思わず口にした良衛に御広敷番医師が首をかしげた。

「昨夜、急患で診た若い女が胃の腑の痙攣でございました」

実際の名前などは出さず、良衛は往診したと告げた。

「なるほど。最近、急に冷えて参りましたからな」

御広敷番医師が納得した。

「では、後処置を先生にお願いしてもよろしいかの」

「承りましてござる」

求められた良衛がうなずいた。

「幸い、先ほどの報《しら》せでは痛みも治まってきているとのことでござる」

「それは重畳《ちょうじょう》。その女中は何歳でございましょう」

軽快したと聞いた良衛が質問をした。

「お仲居の龍《たつ》と申す三十歳手前の女中でござる」

「三十手前……血の道を起こすにはいささか」

「いかにも。役目柄変なものでも喰《く》ろうたかとも思い、とくと訊きましたが、皆と同じものしか食しておらぬと申しますで」

仲居は御膳所《ごぜんしょ》に詰めて、煮炊きいっさいを司《つかさど》る役目であり、大奥で消費される食材の購入や指定にかかわるため、余得が多い。材料を納入する商人から賄賂《わいろ》代わりの甘味などをもらって密《ひそ》かに食べたりしていた。

「大奥へ来て長いのでございましょうかの」

お仲居は目見え以下の身分のため、終生奉公ではなく、入れ替わりもあった。

「いつ大奥へ来たかは訊きませんでしたな。ただ、御膳所へ異動したのはつい先日のことだそうで」

「異動……前はどこに」

良衛が怪訝《けげん》な顔をした。大奥の下働きに近い仲居などは、最初から煮炊きのできる者を召し抱える。他の役目から来るのがないとは言えないが、珍しい。

「お露《つゆ》の方さまのお局《つぼね》で御次《おつぎ》をしていたとか」

「……お露の方さまの」

苦い顔を良衛はした。

お露の方は、五代将軍徳川綱吉《とくがわつなよし》の側室であった。あったというのは、今はもう大奥にいないからである。お露の方をただの側室から、綱吉の子を産んだお部屋さまにあげて、それに応じて己も立身しようとした実父房総屋市右衛門《ぼうそうやいちえもん》が、良衛から南蛮《なんばん》渡りの懐妊秘術を奪おうとして失敗、その責任を取らされたのであった。

「御次から仲居へとは、また随分と格を落としましたな」

良衛は巻きこまれた龍に同情した。

御次は目見え以上の身分で、道具や献上もの、身分の軽い下働きの召し抱えなどを司る。局の実務を担当する一人として、重用される役目であり、主《あるじ》がお部屋さまになるなどしたとき、功績が認められると大奥の事務方を取り仕切る表使《おもてづかい》への出世もあった。

「いたしかたございますまい。ことはお伝《でん》の方さまへの反逆」

御広敷番医師が声を潜めた。

綱吉の寵愛《ちょうあい》を一身に受け、鶴姫《つるひめ》、徳松《とくまつ》と二人の子をなしたお伝の方は、実質大奥の主といえる。そのお伝の方が良衛を長崎から呼び戻し、南蛮流秘術をもって、今一度綱吉の子を産もうと努力しているのを、横から邪魔したのだ。

「露の痕跡さえ許さぬ」

激怒したお伝の方はお露の方の局を徹底的に破壊した。畳を剝《は》がし、襖絵を廃棄、什器《じゅうき》、家具の一切を燃やした。

当然、お露の方に仕えていた者たちも処罰の対象になった。

「追放はせぬ、追放はの」

お伝の方の復讐《ふくしゅう》は陰湿であった。

将軍側室の局で中臈《ちゅうろう》や御次をする女は、旗本の娘であることが多い。その旗本の娘を目見え以下の仲居にする。

矜持《きょうじ》を傷つけられた女中がどれほど辛いか、法外とされ身分の枠から外れているといわれる医師でも感じるのだ。本来御家人として幕府に仕えていた良衛には、痛いほどわかった。

「となれば、龍への投薬は、痛みがましになれば芍薬甘草湯から通導散《つうどうさん》に替えたほうがよろしかろう」

通導散も痛み止めではあるが、芍薬甘草湯と違って、不安などから来る神経性の痛みに効果がある。

「同意いたしまする」

良衛の提案を御広敷番医師が認めた。

「では、愚昧はこれにて」

御広敷番医師が帰宅の用意をすると、離れていった。

二

「さて、ご機嫌を伺うか」

腰をあげた良衛はお伝の方の診察のため、下《しも》の御錠口《おじようぐち》へと向かった。

大奥の出入りで、将軍あるいは老中などが利用するのを上《かみ》の御錠口といい、下の御錠口は主に医師や御広敷にかかわる役人たちの通行に使用された。

「お医師、お伝のお方さまのお館《やかた》へ通りまする」

下の御錠口を担当する御錠口番が大声で叫び、杉の一枚板でできた扉を開けた。

「…………」

不用意に女中と口をきくのは、医師といえども慎むべきである。良衛は無言で、先導する火の番の後にしたがった。

大奥は出入り口から遠いほど、格の高い女中の住居となっている。表向きの格式で御台所《みだいどころ》である鷹司信子《たかつかさのぶこ》に次ぐお伝の方の館は、最奥にあった。

「医師、矢切良衛を召し連れましてございまする」

火の番が館の外で膝《ひざ》を突いた。

「…………」

良衛も倣う。

「襖を開けよ」

なかから応答があり、出入り口である襖が開かれた。

「お待ちであるぞ」

お伝の方付の中臈津島《つしま》が、良衛を急《せ》かした。

「では、御免そうらえ」

良衛は立ちあがって、館のなかへと足を踏み入れた。

お伝の方は上段の間で脇息《きょうそく》にもたれていた。

「お早うございまする。お目覚めはいかがでございましょう」

医師とはいえ、許しなく将軍側室に近づくわけにはいかない。良衛は二の間で平《ひれ》伏《ふ》した。

「おう、待っておったぞ。近《ちこ》うよれ」

お伝の方が手招きをした。

「ご無礼を仕《つかまつ》りまする」

通常の礼儀ならば、貴人から招かれても三度は身を震わせ、ご威光を怖れて近づけませんをする。しかし、医者がそんなことをしていては、手遅れになってしまう。なにより、貴人が意思表示をできない病状のときには、許しさえ得られないのだ。

医師は一度の招きで応じてよいとされていた。

「…………」

良衛はいつもの手順で、お伝の方の脈を取り、熱を測って、舌の色を確認した。

「ご血色もよろしいかと存じまする」

異常はないと良衛は告げた。

「それがの、矢切」

ほんの少しだけお伝の方が眉をひそめた。

「いかがなさいました」

水を向けるのも医師の仕事、良衛はお伝の方を促した。

「月の障りが来てしもうた」

お伝の方が残念そうにため息を吐いた。

「それは……」

良衛の仕事は、お伝の方の妊娠を手助けすることである。良衛も瞑目《めいもく》した。

「一昨日《おととい》もお召しをいただいたと言うに、朝から腰が重いと思うていたら、さきほどより始まったわ」

お伝の方が説明した。

「なんと申しあげてよいのやら」

任を果たせなかった良衛は、叱りを覚悟した。

「だがの、いつもより楽なのじゃ」

お伝の方が明るい声で言った。

「最初の二日は、ほんに腰が痛く、動くのも億劫《おっくう》であったが、今回のは股《また》から流れる血の動きがうっとうしいくらいでの。他はいつもと変わらぬ。食欲もある。今朝も膳の代わりを求めたわ」

「それはよろしゅうございました」

良衛が表情を緩めた。

「そなたの療法、まちがいなく妾《わらわ》に効いておる。まだ、始めて一月《ひとつき》と少しじゃ。いきなり子ができるとは思わぬ。なにせ、十年以上懐妊しておらぬのだからな」

お伝の方が咎《とが》めないと言った。

「血の道が軽いのはお方さまのお身体が、まだまだお若いとのことでございまする」

「そうかの。妾はまだ若いか」

褒めた良衛にお伝の方が喜んだ。

「はい……あっ」

ほっとした良衛は、気の緩みからかあくびをしてしまった。

「無礼ぞ、矢切」

津島が見とがめた。

「よい、よい。どうしたのだ、いつもはそのようなまねをせぬが」

機嫌の良いお伝の方が津島を制した。

「申しわけもございませぬ。じつは……」

良衛が昨夜の次第を語った。

「娘が胃が痛いと……ほう、母親には思いあたる節が……」

大奥はひたすら退屈であった。なにせ、外出もままならぬ、外からの来客も許可が要ると刺激がない。

良衛の話にお伝の方が喰い付いた。

「今日、父親が屋敷まで参りますゆえ、そのおりにはっきりとしたことがわかりましょうが、若い娘の悩みと申しますと……」

「恋じゃな」

お伝の方が身を乗り出した。

「そなたはどう思う、津島」

「わたくしも恋であろうかと思案つかまつりまする」

主から同意を求められたに等しい。津島も首肯した。

「恋か、妾もしておるぞ。上様にの」

お伝の方が微笑んだ。

明暦《めいれき》四年（一六五八）生まれのお伝の方は、十三歳で館林《たてばやし》藩主だった綱吉の母桂《けい》昌院《しょういん》の女中になった。そこで美貌《びぼう》を綱吉に見そめられたお伝の方は、十九歳で鶴姫を、二十一歳で徳松を産んだ。

やがて綱吉が跡継ぎのなかった兄四代将軍家綱《いえつな》の跡継ぎとして、江戸城へ移るとお伝の方も大奥へと入り、ずっと変わらぬ寵愛を受け続けて来た。

「初めて上様にお目通りを願ったときのことは、忘れられぬ」

お伝の方が思い出を語った。

「妾は十三歳、上様は二十五歳であらせられた。桂昌院さまのもとへご挨拶《あいさつ》に来られた上様のりりしいお姿……」

うっとりとお伝の方が目を閉じた。

綱吉は勉学を好み、朝から晩まで四書五経《ししょごきょう》を紐解《ひもと》いていた。同じく家光《いえみつ》の子供で兄にあたる甲府《こうふ》宰相綱重《つなしげ》が十代で女を知り、溺《おぼ》れたのに比してまったく女に興味がなかった。

「これでは、お世継ぎが」

実母の桂昌院はもとより、綱吉の扶育を任された牧野備後守《まきのびんごのかみ》も困惑した。そこで器量がよいと噂のあったお伝の方を召し出し、わざと綱吉の目に留まるよう身近で仕えさせた。

「難しいことを蕩々《とうとう》と語られるご教養……」

ふたたび開かれたお伝の方の目は潤んでいた。

お伝の方は幕府の中間《ちゅうげん》ともいうべき、黒鍬者《くろくわもの》の娘であった。名字帯刀を許されない侍身分でさえない黒鍬者は、文字の読み書きもできない者ばかりであった。

頭を遣うより力でなんとかという風潮も色濃く、実際、お伝の方の兄、権兵衛《ごんべえ》は賭場《とば》で負けた相手と喧嘩《けんか》をして殺されてしまうという失態をおかしている。

そんな連中のなかで育ったお伝の方が、線が細く勉学に熱心な綱吉に憧れたのは無理のないことであった。

「なんとかして、上様のお気を惹《ひ》きたいと、一生懸命になった」

綱吉とて若い男、木石ではない。見たこともないような美しい少女に憧れのまなざしを捧げられては気も揺れる。

「あれは初めてお目通りをいただいて、一月を少し過ぎたころであった。上様が妾にお声をおかけくださり、その夜にお側へ侍《はべ》ることができた」

女はいくつになっても乙女だとばかりに、お伝の方が頰を染めた。

「恋はよい。するだけでも気が浮くが、叶えばなんとも言えぬうれしいものよ」

その日、お伝の方は、終始機嫌良く良衛に接した。


お伝の方の診察を終えて、御広敷番医師溜へ戻って来た良衛に、当番の医師たちが寄ってきた。

「お伝の方さまのご機嫌はいかがでござったろう」

御広敷番医師の一人が問うた。

「すこぶるご機嫌うるわしゅうございました」

「おおっ」

「さすがは矢切どのじゃ」

良衛の答えに、一同が沸いた。

「…………」

ほほえみを浮かべたまま、良衛は醒めた心でその様子を見ていた。

なにせ、ほんの数日前まで、良衛は産科担当の奥医師田上清往《たがみしんおう》に睨《にら》まれ、御広敷番医師のなかで浮いていたのだ。だが、その田上清往は失脚した。良衛から南蛮秘術を取りあげようとして無道な行為に出たことをお伝の方へ告げられ、田上清往は奥医師の役目を剝奪《はくだつ》され、放逐された。

これが御広敷番医師たちを慌てさせた。御広敷番医師を統轄する産科の奥医師に逆らえなかったという事情は良衛も理解できる。医者といったところで、御広敷番医師は役人であり、上司の指示に従うのは当然である。ただ、その上司が首になり、弱者であったはずの良衛が強者だとわかった瞬間の御広敷番医師たちはまさに蒼白《そうはく》であった。

中条壱岐《ちゆうじよういき》がいなければ、完全に孤立していた良衛を、今や全員が褒め称《たた》える。掌《てのひら》返しを目の当たりにして、良衛は心中あきれていた。

「矢切先生、いかがでござろうか。新しい南蛮の産科術について、ご教示をお願いできぬであろうか」

歳嵩《としかさ》の御広敷番医師が求めた。

「それはよい。医師は患家のためにも研鑽《けんさん》を続け、絶えず新知識を追究するもの」

少し若い御広敷番医師が迎合した。

「…………」

良衛は表情に浮かべていたほほえみを捨てた。御広敷番医師たちは、田上清往が権力で奪おうとした良衛の知識を、医師としての義務という名分で吐き出させようとしていた。

「お教えするほど、学んではおりませぬ。愚昧は外道医師で、産科医師ではございませぬので」

良衛は断ろうとした。

「いやいや、ご謙遜《けんそん》を。産科の新知識をお持ちなればこそ、お伝の方さまの担当をなされておられる。幕府医師の腕をあげるためにもご協力をいただかねば、のう、御一同」

「さよう、さよう」

「まったくでござる」

歳嵩の御広敷番医師の言葉に、集まった者たちが唱和した。

「……わかりましてござる」

良衛は引き受けると言った。

「いやいや、おわかりいただけてなにより」

してやったりと歳嵩の御広敷番医師がほくそ笑んだ。

「ところで、御一同は和蘭陀《オランダ》語の読解はおできになりましょうな」

良衛が問うた。

「えっ……」

歳嵩の御広敷番医師がきょとんとした。

「南蛮流でございますぞ。和蘭陀語での説明となりまする」

「お、お待ちあれ。和蘭陀語ではわかりませぬ。それは本邦の言葉に訳していただけねば困りまする」

良衛の条件に、歳嵩の御広敷番医師があわてた。

「訳……誰がそれを」

わざとらしく良衛が首をかしげた。

「それは矢切先生が」

「そこまで愚昧にときをかけろと」

厚かましい願いを重ねて来た歳嵩の御広敷番医師に、良衛が確認した。

「た、たかが訳ではございませんか」

歳嵩の御広敷番医師が、雰囲気の変わった良衛に息を吞んだ。

「たかがとおっしゃる。ならば、先生がおやり下され。愚昧はお伝の方さまのことで手一杯でござる。それでもと申されるならば、お伝の方さまのお許しを得ていただかねばなりませぬ。他の医師のために和蘭陀語を訳さねばならぬことになり、お方さまの診療に差し障りがでますするが、幕府医師の勉学のためでございますれば、ご辛抱をくださいませと」

「ひっ」

「ま、待たれよ」

歳嵩の御広敷番医師が悲鳴をあげ、若い御広敷番医師が慌てた。

「医師が研鑽を続けるのは当然のこと。向学の姿勢も失うべきではございませぬ」

良衛は一度言葉を切り、一同の顔を見回した。

「ですが、それを他人任せでは本末転倒でございましょう。南蛮流を学ぶならば、少なくとも和蘭陀語の読み書きができねば、話になりますまい。和蘭陀語で通じれば、そのままですむものが、それを訳すとかなり長くなりまする。たとえば……」

良衛は薬箱のなかに常備している手術道具を取り出した。

「これは『ぴんせっつ』という道具でござる。こうやって実物を目にすればわかりましょうが、ものの名前だけ言われたら、御一同にはおわかりか」

「わかりませぬ」

「初めて見ましてござる」

御広敷番医師たちが首を横に振った。

「これを言葉で説明するとなれば、どれだけの手間がかかりましょう。いえ、説明したところで、完全に理解できましょうや」

「…………」

良衛に言われて一同が黙った。

「南蛮流は、こういった和蘭陀あるいは独逸《プロイセン》で遣われている道具や薬、手技などをそのままの言葉で使用いたします。こういったものが出てくる度に、一々説明していては、学問など進みませぬ。漢字が読めぬ者に、論語を解釈するのと同じ」

「……たしかに」

一同が互いの顔を見合った。

「教えるのはやぶさかではございませぬ。ですが、患家の診療に差し障りが出るようでは、医師の本分にもとりましょう。御一同が和蘭陀語に精通なさったならば、もう一度お声をおかけくだされ」

勉強してから出直せと良衛は断った。

「いや、そうでございました」

お伝の方に言いつけられれば、田上清往の二の舞になる。歳嵩の御広敷番医師がうなずいた。

「では、お邪魔をいたしましてござる」

「愚昧も失礼を」

そそくさと御広敷番医師たちが離れていった。

「……お疲れさまでござる」

一人加わっていなかった中条壱岐が笑いながら近づいてきた。

「いや、お騒がせをいたしました」

良衛が軽く一礼した。

「なんの、なんの。傍から見ているとおもしろうござる」

「……むっ」

肩を叩《たた》いた中条壱岐に、良衛は不満を見せた。

「怒られるな。申しわけない」

笑いをこらえながら中条壱岐が詫《わ》びた。

「……それにしてもうまくなられたな」

中条壱岐が笑いを消した。

「なにがでござる」

意味がわからず、良衛が訊いた。

「御広敷番医師たちの、いや、役人たちのあしらい方がでござる」

冷たい目で中条壱岐が、良衛から離れた後、群れを形成しなおして集まっている御広敷番医師たちを見た。

「好きでうまくなったのではござらぬ」

良衛も嫌そうな声を出した。

田上清往に逆らって浮いた良衛より、中条壱岐のほうが酷《ひど》い。

中条壱岐は戦国のころから産科を受け継いできた名門の当主であった。ただ、歴史が長い産科だけに、闇の部分も大きい。中条流の産科術は、その裏で堕胎を得意としていた。

もちろん、本家というか宗家である壱岐は、堕胎をおこなっていないが、傍系あるいは分家が金になる堕胎を商いとしていた。

堕胎は望まぬ妊娠をした女を助ける手段で、決して忌避されるものではない。しかし、中条流堕胎術を看板としている連中は、そういった事情をまったく気にしない。求められれば、誰にでも、女が嫌がっていても、依頼されれば堕胎を強行する。遊郭の主にしてみれば、妊娠から出産と客を取れなくなる期間を遊女に与えなければならないのは損失でしかない。遊女は借金の形に身売りをしている。いわば、その遊女が現役で客を取る間の賃金を先払いしているのだ。妊娠などで客を取れなくなっては、丸損になる。遊女屋にとって、女は商品でしかない。そんな商品の傷を中条流堕胎術は無理矢理に治す。

柳の小枝を股間《こかん》から突っこんで子宮をかき回す、石見銀山《いわみぎんざん》を子宮へ流しこむ。中条流堕胎術の技は荒っぽい。胎児は確実に死なせるが、母体も無事ですまない。軽くて数日寝こむ、重ければ毒にあたって死ぬか、子宮の傷からの出血で死ぬ。

医者が患者を殺す。それも金のために……中条流の評判が悪くなるのも無理はない。そして流主たる中条壱岐は、悪評の根本として医師としての腕とは関係ないところで侮蔑されていた。

「お互いに面倒だな。いや、いざとなれば辞めて町医者に戻れる愚昧がましか。中条どのには、流派の名前をこれ以上落とさぬため、幕府医師であり続けなければならぬという使命がある」

「…………」

良衛に慰められた中条壱岐が黙った。

「まだあるようだの」

その眉が引きつったのを良衛は見逃していなかった。

「……今日も呼び出されておる」

中条壱岐が苦く頰をゆがめた。

「男振りがよいのも、産科の医師としては善し悪しだの」

良衛が同情した。

大奥は女の城であり、出入りできる男は将軍家だけだと思われているが、そのじつは違った。大奥にはその運営を担う老中、実務を担当する御広敷番などの役人、良衛たち医師、そして女ではできない力仕事などをする小者《こもの》が入れた。

もちろん、大奥の女はすべて将軍のものなので、手出しは厳禁である。とはいえ、女も欲望はある。さすがに将軍の手がつくことを期待して、大奥へあがった女たちはなにもしないが、目見え以下の女中のなかには、入ってきた男を誘う者もいた。

当然、人扱いを受けない小者を相手にしようとする者は少ないし、御広敷番などの役人は手を出せば切腹のうえお家断絶とわかっているからどれだけ誘われても手を出さない。

となれば女中たちの狙いは医師に向かう。

御広敷番医師とはいえ、皆、腕のある名医と評判の者ばかりであり、相応に経験を積み、歳を重ねている。言いかたを変えれば、若い者が少ないのだ。そのなかで良衛と中条壱岐だけが、三十歳内外と若い。そして、中条壱岐は上背もあり、男振りがよかった。

「愚昧であれば、孕《はら》んだところで堕胎させられると思い……」

中条壱岐が歯がみをした。

「お慰めする言葉もない」

堕胎を憎んでいる中条壱岐に、それをさせようとするなど論外だと良衛も憤慨した。

「かといって病を言い立てられれば、行かぬわけにも参りませず」

医者としての義務と、腹立たしさのなかで中条壱岐は煩悶《はんもん》していた。

「愚昧が参りましょうか」

「矢切先生が……」

中条壱岐が怪訝な顔をした。

「お伝の方さまご重用の医師が来たとあれば、女中も文句は言えますまい」

「たしかに」

「そこでお伝の方さまに名前を知らせるぞと脅せば、愚かなまねをすることはありますまい」

大奥一の実力者お伝の方に敵対して、なんとかなるのは御台所だけである。その女中がどの上臈《じょうろう》、年寄に属していようとも、綱吉の寵姫《ちょうき》と渡り合うことはできなかった。

「お願いできようか」

「任せられよ」

中条壱岐の願いを良衛は引き受けた。

「代わってといえば、なんなのだが……」

「なんでも言ってくれ」

言いにくそうな良衛を、中条壱岐が促した。

「すまぬが、大奥で供される食事について、ご存じよりあればお教え願いたい」

「そのていどのことならば……」

良衛の頼みを、中条壱岐がすんなりと受け入れた。

「大奥には、膳所がいくつかござる。まず、大奥で将軍がお召しになる食事や湯茶の用意をする奥御膳所と、将軍家の子女、並びにお部屋さま、御生母さまなどの調理をおこなう御膳所でござる」

中条壱岐が語り出した。

「言わずともおわかりのように、奥御膳所は一つ、御膳所はお館の数だけござる。ちなみに大奥で部屋に属していない女中たちの食事は、台所で調製されまする」

「御膳所は、お伝の方さまのお館のものを拝見してござる」

お伝の方が薬を盛られているとしたら、まず食事を疑うべきである。良衛は、お伝の方から呼び出されて最初に、御膳所を確認していた。

「奥御膳所も形としては同じでござる。もっとも規模は御膳所の倍以上ござる」

「それは大きい」

良衛は驚いた。

将軍は基本中奥で食事をすませる。奥御膳所での調理は、月に何度あるか数えられるくらいでしかない。

「隣接する調理担当の仲居部屋も合わせると、局一つに匹敵しましょう」

「仲居部屋……」

今朝方聞いたばかりの役名に良衛は興味を示した。

「奥御膳所での食事は、どのように作られるのでござろうや」

「中奥で作られたものが運ばれ、奥御膳所で温め直されるのが主でござる。もっとも献立によっては、中奥から運びこまれた食材を仲居が調理するときも」

「仲居が調理する」

良衛は驚いた。

将軍の口に入るものは、厳重に管理されている。台所役人はへんなものを入れられないように相互監視をし、できあがった料理はじつに三度の毒味を経て、ようやく綱吉の箸《はし》が付く。

これは中奥の場合で、大奥ではどうなっているのか、良衛は知らなかった。

「毒味については……」

「なされるはずでございますが、そこまでは」

大奥は表になかを見せない。御広敷番医師とはいえ、大奥からしてみれば表でしかなかった。

「なにかお気になることでも」

中条壱岐が首をかしげた。

「いや、さほどのことではないと思いまするが……昨夜……」

良衛は昨夜仲居の一人が腹痛を訴えていたと告げた。

「上様のお食事を司る仲居が腹痛を……」

中条壱岐も難しい顔をした。

「食中《あた》りだとすれば、大事でござるな」

「……………」

無言で良衛は首肯した。

「上様が大奥へお渡りになられたのは、一昨日。お伝の方さまをお召しになられた。すなわち、小座敷でご飲食をなされたということ」

良衛が述べた。

将軍は大奥の主ではなかった。大奥はあくまでも御台所のものであり、将軍といえども客でしかないのだ。

将軍は御台所のもとへ通うときだけ、奥まで足を踏み入れることができ、側室を閨《ねや》に呼ぶときは、上の御錠口を入ってすぐにある小座敷で過ごすのが慣例であった。

小座敷とは、将軍の居室と控え、そして閨からなり、その部屋の雑事一切は担当の中臈がおこなう。

「普段の上様ならば、中奥で夕餉《ゆうげ》をすまされ、湯浴《ゆあ》みを終えてから大奥へお入りになる」

将軍は大奥では客、客は主人の手をできるだけわずらわさないようにするのが礼儀とされている。将軍は大奥では女を抱く以外のことをできるだけしない。

言いかたは悪いが、将軍は小座敷に入って呼び出した側室が来るのを待ち、来たらさっさと閨へ入って、やることをやる。その後、側室は閨を下がり、翌朝まで綱吉は一人で就寝、目覚めるとすぐに中奥へ戻る。

「しかし、お伝の方さまをお召しになられたときだけは違う。さすがに湯浴みはおすましであるが、小座敷でお伝の方さまを相手に酒を汲《く》まれ、軽いとはいえ食事をなさる。そのあと同衾《どうきん》されるが、そのまま翌朝までご一緒にお休みになる。お目覚め以降は他の側室方と同じだが……」

「一昨日の夜、上様は仲居の調理したものをお口になされた……」

良衛と中条壱岐が顔を見合わせた。

「これは……」

「よろしくないやも知れませぬ」

もし仲居が食中りあるいは、何かしらの病で腹痛を起こしていたならば、綱吉にうつした可能性がある。

「矢切先生、典薬頭《てんやくのかみ》さまへお報せを」

中条壱岐が促した。

「……承った」

一瞬、躊躇《ちゅうちょ》した良衛だったが、引き受けた。

「なにかござったかの」

二人の剣幕に、歳嵩の御広敷番医師が怪訝そうな顔をした。

「お願いをいたしまする」

ここでの面倒を良衛は中条壱岐に任せた。

「子細は口にいたしませぬぞ」

将軍の体調にかかわるだけに、騒ぎたてるのはまずい。適当にごまかすと中条壱岐が囁《ささや》いた。

三

殿中柳《やなぎ》の間に幕府典薬頭はいた。

「御坊主どの、今大路《いまおおじ》兵部大輔《ひょうぶだゆう》さまをお呼びいただけぬか」

柳の間近くまで来た良衛は、廊下に控えているお城坊主に頼んだ。

「些少《さしょう》だが……」

良衛は袂《たもと》から小粒金を一つ出し、お城坊主に渡した。

「……お待ちを」

小粒の大きさを量ったお城坊主が、愛想も振らず柳の間へと消えた。

「少なかったか」

良衛は嘆息した。

お城坊主は城中の雑用一切を受け持つ。厠《かわや》への案内、湯茶の用意、別の部屋への使者など、頭を丸め俗世から離れた者としてどこにでも入れるお城坊主でなければ、できないことであった。

医者も坊主と同じく頭髪を丸めているが、僧籍にあるわけではない。診療でないときはお城坊主のようにどこへでも入りこむことはできなかった。

「お見えになられまする」

戻って来たお城坊主が淡々と報告して、さっさと離れていった。

「露骨な」

お城坊主がいなければ、厠にも行けず、水も飲めない。これがお城坊主を増長させた。

「しばしお待ちを」

「いずれ」

金をくれない者の用を後回しにし、心付けをくれる者の世話ばかり焼くようになった。

「たまらぬ」

用便などは、したいから厠へ行くのだ。それを金のことで我慢させられるのは辛い。

「これを」

大名や役人がお城坊主の悪癖に従わざるをえなくなったのも当然であった。

とはいえ、ものの売り買いをすることのない城中に財布を持ちこむ大名はいない。もともと大名や高級旗本は自らものを買った経験がなく、財布を持ったことさえないのだ。

なにより他の大名や役人がいるところで現金を出すのは憚《はばか》られる。武士は名誉を重んずる者で、金を汚いものとして避ける風潮がある。

「金で坊主を思うがままにするとは」

こういった中傷を受けるわけにもいかない。

「随分と少ないの」

お城坊主への心付けの金額で嘲笑《あざわら》われるのもまずい。

こういった事情で、大名や役人がお城坊主を使うときに渡す金の代わりに白扇が用いられるようになった。あらかじめ当家の白扇は一分でござるとか一両でござい とお城坊主に報せておき、後日白扇を屋敷へ持参してもらって金と交換するのだ。

もっとも良衛のような小禄《しょうろく》の者にとって白扇は高い。なにより医師という役目は、お城坊主にものを頼まなくともこなせる。急患が出たとき、一々お城坊主を間に挟んでいては手遅れになる。それでなにかあったら、恨まれるのは医師だけでなくお城坊主もである。お城坊主もあまり医者には嚙《か》みついてこない。

こういった事情もあり、良衛は白扇ではなく、小粒金をいくつか袂のなかに潜ませていた。

「矢切、どういたした」

お城坊主の対応で気落ちしていた良衛のもとへ幕府典薬頭今大路兵部大輔が歩み寄ってきた。

「典薬頭さま」

良衛が姿勢を正した。

幕府薬草園を預かり、医師の触れ頭を務める名門医家の末である典薬頭は今大路と半井《なからい》の両家が世襲していた。

良衛はその一人今大路兵部大輔の妾腹《しょうふく》の娘を妻にしていた。

「少し、お話を」

辺りを見回しながら良衛が求めた。

「他人目《ひとめ》のないところでということか。付いて参れ」

良衛の仕草から密談と悟った今大路兵部大輔が、先に立った。

「ここなら、誰も来ぬ」

柳の間から少し離れた小部屋を今大路兵部大輔が選んだ。

「で、なにがあった。お伝の方さまに月の印がとは聞いたが」

すでに今大路兵部大輔は、お伝の方が懐妊しなかったことを知っていた。

「どこから……」

つい一刻《とき》半（約三時間）ほど前に良衛が知ったばかりのことを、今大路兵部大輔が知っている。良衛は驚いた。

「ふん、典薬頭は医師に非《あら》ず。役人ぞ」

今大路兵部大輔がなんともいえない表情を浮かべた。

京の名門医師だった今大路と半井を旗本として江戸へ連れて来ておきながら、徳川家康《いえやす》は両家に医療をさせなかった。

「名門の子息、かならずしも名医ならず」

自ら薬を調合し、豊臣秀吉《とよとみひでよし》よりも長生きすることで天下人となった家康は、実状をよく知っていた。家康は今大路と半井に名門という立場だけを求め、実際に診療に当たる医師は巷《ちまた》で評判の者をその都度幕臣として使った。

典薬頭、医師の触れ頭とされながらも、将軍、その家族の診療に携われない。その待遇が今大路と半井をゆがめていた。

「伝手《つて》は大奥にもある」

大奥女中から聞きだしたと、今大路兵部大輔が告げた。

「…………」

良衛は黙った。

「安心せい。娘婿を潰《つぶ》す気はない」

今大路兵部大輔が口の端を吊《つ》り上げた。

「…………」

無言のまま良衛は頭を垂れた。

目通りさえできない貧乏御家人だった良衛に妾腹とはいえ娘を嫁がせたのは、その外道医としての腕を今大路兵部大輔が高く買ったからであった。

「一門に名医がいる」

名ばかりの医術名家にとって、それは大きな評価になる。

娘を嫁に出すことで今大路兵部大輔は、良衛を取りこんだ。そして、その策は当たり、将軍から直接長崎遊学を許されるほど、良衛の名前はあがった。

出る杭《くい》は打たれるで、評判の高くなった良衛の足を引っ張ろうとする者も出てきたが、その多くを今大路兵部大輔は潰してきた。

今大路兵部大輔にとって、良衛は便利であり、取り替えのきかない道具であった。

「お願いをいたしまする」

道具として使える間は、守ってもらえる。良衛はそう考えた。

「うむ。で、何用じゃ」

満足そうにうなずいた今大路兵部大輔が、もう一度問うた。

「……お静かにお聞きをくださいませ。昨日……」

驚くなと最初に良衛は釘《くぎ》を刺し、用件を話した。

「むううう」

あらかじめ言われていたからか、今大路兵部大輔は唸《うな》るだけで止めた。

「上様はいかがでございましょうや」

御広敷番医師に将軍の体調は伝わって来ない。

「お変わりないと報告はあった」

今大路兵部大輔が答えた。

「当番の奥医師が上様の脈、舌の色、お熱も常と変わらずと申した」

ゆっくりと思い出すように、重ねて今大路兵部大輔が語った。

「合議は……」

「おこなわれておらぬ」

良衛の問いに今大路兵部大輔が首を左右に振った。

合議とは、当番の奥医師が将軍を診察し、問題があると感じたとき、他の奥医師を呼び集めて診断と治療方針について相談することをいう。

「では、ご無事で」

合議がないということは、症状が現れていないとの証拠であった。

「であろう」

ほっとした良衛に、今大路兵部大輔も同感だと言った。

「一安心ではございますが……」

「ああ、食中りはすぐにお腹を壊すとは限らぬ。他の病でもそうだ。もし、仲居の病が上様に伝染していたとしても、症状がいつ出るか……」

今大路兵部大輔も不安そうな顔をした。

「いかがいたしましょう」

「余が上様にお目通りを願うわけにはいかぬ」

旗本の今大路兵部大輔が将軍へ目通りを願うことは問題ない。しかし、周囲は見逃してはくれなかった。

目通りを滅多に願わない今大路兵部大輔が求める。それもあらかじめ側役《そばやく》に話を通し、将軍からいついつ黒書院《くろしょいん》でという通常の手順ではない、急目通りなのだ。なにせことが病にかかわる。のんびりと予約を取っている暇などなかった。

「どうすれば……」

腕を組み、天井を眺めながら思案していた今大路兵部大輔が、良衛に目を向けた。

「そういえば、そなた小納戸頭の柳沢《やなぎさわ》出羽守《でわのかみ》どのを存じておるな」

「……はい」

頬をゆがめながら、良衛は認めた。

柳沢吉保《よしやす》は昨年（一六八八）十一月、綱吉から格別の恩恵を受け、新設された側用人に抜擢《ばってき》され、禄も一万二千石、上総《かずさ》国佐貫《さぬき》城主となっている。

かつて良衛は、御座の間、御用部屋などの例外はあるが、城中のどこにでも入っていける御番医師を手先として使い、手柄を立てようと考えた大目付松平対馬守《まつだいらつしまのかみ》に目を付けられ、走狗《そうく》とされていた。

正確には大老堀田筑前守正俊《ほったちくぜんのかみまさとし》が殿中で刺されたときの応急処置に疑問を持った良衛に、大目付松平対馬守が目を付けたのだが、その結果、良衛は綱吉の側近で当時小納戸《こなんど》上席だった柳沢吉保ともかかわりができた。

「柳沢どのに会い、話をせよ」

「わたくしがでございますか。柳沢さまなれば、典薬頭さまのほうが……」

権力者に近づいてろくなことはない。もう少し良衛の身分が高く、出世欲を持っていれば、将軍側近との縁はなんとしてでも結びたいが、目通りさえ叶わない御広敷番医師などろくなことはない。

柳沢吉保や松平対馬守にとって、良衛ごとき、いてもいなくてもどうでもいい。遣える間だけ保てばいい、ちり紙ていどなのだ。

なにがあってもかばってさえもらえず、無茶を命じられても逆らえない。

こちらを対等として見ることもない相手とつきあいたいと思うはずもなかった。

「余では伝聞になろう」

伝聞では信用にかけると今大路兵部大輔が首を横に振った。

「わたくしも伝聞でございまする」

問題となった仲居を良衛は直接診察していない。

「それでも余よりはましだ」

今大路兵部大輔が拒んだ。

「柳沢さまをお呼びするとなれば、かなりの金が要りまする」

将軍側近として、綱吉の近くに控えている柳沢吉保を呼び出すには、御座の間まで行かなければならない。どこにでも、老中の執務する御用部屋まで入れるとされているお城坊主でも御座の間は鬼門である。目見え以下の坊主が、将軍側をうろつくわけにはいかない。それを押して頼むとなれば、見合うだけの心付けを出さなければならず、小粒金一つや二つでどうにかなるものではなかった。

「それくらい用意していないのか」

「先ほど、典薬頭さまをお願いするときに遣《や》ってしまいましてござる」

用意が足りていないと叱ろうとした今大路兵部大輔に、良衛が口答えをした。

「……むっ」

今大路兵部大輔がうなった。

「わかった。余が呼び出しをかけてやる」

腰に差していた白扇を今大路兵部大輔が手に持った。

「……御坊主」

密談していた部屋から顔を出して、今大路兵部大輔がお城坊主を呼んだ。

「典薬頭さま、なにか御用でございましょうか」

お城坊主が近づいてきた。

城中での噂を集めるのもお城坊主の役目である。同役の半井出雲守《いずものかみ》と典薬頭筆頭を争っている今大路兵部大輔も少しでも有利な状況を得るため、お城坊主たちから噂を買っている。得意客からの声がけとあれば、お城坊主も急ぐ。

「すまぬが、お側用人の柳沢さまにご足労を願ってもらいたい」

「柳沢さまでございますか……」

お城坊主の表情が曇った。

「これで頼む」

今大路兵部大輔が白扇を出した。

「………」

無言でお城坊主が受け取りを拒否した。

「むっ。二分では足りぬか」

今大路家の白扇は二分と決まっている。一千二百石の旗本として二分は破格だが、それでもお城坊主は不足だと無言で伝えた。

「やむをえぬ」

嘆息した今大路兵部大輔は、懐から矢立を出すと、筆を湿らせて白扇のうえに一両と書いた。

「倍出そう」

今大路兵部大輔が白扇をもう一度差し出した。

「わかりましてございまする」

今度はお城坊主も受け取った。

「では、行って参りまする」

城中で唯一走ることが許されているお城坊主が駆けていった。

「まったく、ずうずうしくなりおって」

高額な請求をされた今大路兵部大輔が吐き捨てた。

「そなたも白扇を持つようにせよ」

今大路兵部大輔がお城坊主への不満を良衛に向けた。

「白扇を遣うことなどございませぬし、それほどの禄をいただいておりませぬ」

「…………」

良衛の反論は正当であった。今大路兵部大輔が黙った。

「そろそろ引き取りに参れ」

今大路兵部大輔が話題を替えた。

「はい。近いうちに迎えに参りまする」

良衛がうなずいた。

長崎への遊学となれば、短くとも三カ月、通常は一年はかかる。その間、妻と息子を屋敷に残すことを懸念した良衛は、妻弥須子《やすこ》の実家である今大路に二人を預けた。

ところが長崎に二カ月ほどいただけでお伝の方の願いを受けた綱吉が、良衛を呼び返した。将軍の命には従うしかない。急ぎ江戸へ戻った良衛だったが、南蛮流秘術を狙う者たちのこともあり、まだ妻子を引き取ってはいなかった。

「余としては、娘と孫じゃ。いつまでいてもよいのだがな、釉《ゆう》がうるさい」

今大路兵部大輔が頬を引きつらせた。

釉とは今大路兵部大輔と正室の間に生まれた娘で、天下の名医奈須玄竹《なすげんちく》の孫に嫁いでいる。妾腹の娘弥須子を嫌い、ことあるごとに辛く当たっていた。

「夫の尻を叩けばよいのに、さっさと奥医師に推薦しろと父である余に求めて来おる」

「それはなんとも」

良衛は今大路兵部大輔に同情した。

二代目奈須玄竹は奥医師で天下の名医とうたわれた初代奈須玄竹の孫になる。父が早世したことで、祖父の名跡をそのまま受け継いだが、奥医師の役目は多紀《たき》家を除いて世襲制ではない。二代目奈須玄竹が奥医師になるには、名医との評判を得て幕府にその名が聞こえるか、あるいは奥医師、典薬頭、若年寄などの推薦を受けなければならない。

「二代目も真面目で医術の研鑽も積んでいるが……いかんせん、若い」

「はい」

難しい顔の今大路兵部大輔に、良衛も同意した。

妻が姉妹同士になることで、良衛と二代目奈須玄竹は相婿となる。妻弥須子の姉婿ということで、良衛にとって奈須玄竹は歳下の義兄であった。

だが、妾腹の娘で己の妹の弥須子が嫁いだ良衛が、父今大路兵部大輔の引き立てで、表御番医師として勤仕したにもかかわらず、名門で知られた夫奈須玄竹は、いまだ召し出しのない寄合医師格でしかない。一応、寄合医師格は現役の番医師より上とされているが、登城できなければ、要路との縁はできないし、腕がいいという評判も届きにくい。

見下していた腹違いの妹よりも奥医師の妻という座に遠いことが釉は我慢できなかった。

「当代の奈須玄竹も哀れである。先代が偉大すぎ、どうしても比べられてしまう。先代は名だたる医師であったのにと、実力を低く見積もられる」

「……わかりまする」

二代目というのは、初代が偉大であればあるほど、厳しい目にさらされる。そのいい例が、徳川幕府二代将軍秀忠《ひでただ》であった。

家康の三男であった秀忠は、長兄の自死、次兄の養子行きで徳川の家督を継いだ。しかし、徳川が天下を取るという大戦、関ケ原《せきがはら》の合戦に三万という大軍を率いながら遅刻するという失態を犯した。

そのため秀忠は、偉大な父の子供とは思えぬ凡庸な将と言われ、死ぬまで家康と比較され続けてきた。

「なんとか釉と顔を合わせぬようにしていたのだがな……」

申しわけなさそうに今大路兵部大輔が目を逸《そ》らした。

「いえ、わたくしが義父上《ちちうえ》さまに甘えていたためでございまする」

良衛が今大路兵部大輔に詫びた。

「兵部大輔さま、柳沢さまをお連れいたしましてございまする」

義理の親子の間に気まずい空気が流れたところに、お城坊主が割りこんでくれた。

「おお、ご苦労であった。お入り願え」

今大路兵部大輔が急いで、柳沢吉保を招き入れた。

「……典薬頭さま、なんでございましょう」

入ってきた柳沢吉保の機嫌はよくなかった。

「上様のお側を長く離れているわけにも参りませぬ」

お気に入りである柳沢吉保を綱吉は一刻も手元から放そうとしない。己を将軍にしてくれた腹臣堀田筑前守を失ってから一層人の好き嫌いを強くした綱吉は、柳沢

message

吉保でないとあからさまに不機嫌になる。

「申しわけございませぬ。この矢切が上様のお身体について、気になることを申しましたので、まずは柳沢さまのお耳に入れておくべきと存じまして」

当代の寵臣《ちようしん》柳沢吉保に今大路兵部大輔が低姿勢になった。

「矢切が……」

柳沢吉保が良衛へと顔を向けた。

「お忙しいところ、ご足労をたまわりかたじけなく存じまする」

良衛はまず謝罪から入った。

「上様のおこととあれば、どのようなときでも足を運ぶのを厭《いと》いはせぬが、なにがあったのだ」

柳沢吉保の雰囲気がより鋭いものになった。

「さきほど典薬頭さまにもご報告を申しあげたのでございますが……」

良衛は今大路兵部大輔を役名で呼び、上司と部下という関係をあきらかにした。義理の親子という情実ではないとはっきりさせたのである。

「今朝方御広敷に出務いたしましたところ、先夜の宿直番《とのい》より奥女中に異変があったとの引き継ぎを受けましてございまする……」

良衛が話を始めた。

「……その者が仲居、上様のお口に入るものの調理に携わったかも知れぬと」

聞き終わった柳沢吉保が確認をした。

「はい。確実とは申せませぬ。当番の仲居に問えばわかりましょうが、ことが大きくなりかねぬと愚考し、控えましてございまする」

「うむ。よくぞ判断した」

述べた良衛を柳沢吉保が褒めた。

「上様になにかしらのご異常がないかどうかだが……今朝の奥医師どもの診察では健やかであらせられるということであった。それほど気にせずともよいのではないか」

柳沢吉保がわざわざ呼び出すほどのことかと首をかしげた。

「…………」

良衛が黙った。

「どうした」

不審そうな口調で、柳沢吉保が良衛に問うた。

「…………」

「言え」

まだためらう良衛に、柳沢吉保が鋭い声で命じた。

「じつは……その仲居が……」

良衛は仲居が綱吉によって放逐された側室の局にいた者で、その放逐に巻きこまれて格を落とされたと告げた。

「なんだとっ」

柳沢吉保の顔色が変わった。

「そやつが毒を上様に盛ったと」

「毒とは限りませぬ」

将軍毒殺となれば、天下を揺るがす大騒動になる。良衛はあわてて確定ではないと言った。

「限らぬなど、やったも同然なのだ。上様は絶対不可侵でなければならぬ。針先でも疑いがあれば、それを疑うのが小納戸の役目だ」

柳沢吉保が良衛を甘いと叱った。

「今一度、奥医師に上様を診察させる」

早速と柳沢吉保が立ちあがった。

「お待ちあれ」

今大路兵部大輔が柳沢吉保を止めた。

「なんでござる」

柳沢吉保が形だけとはいえ、身分が高い今大路兵部大輔の言葉に足を止めた。

「その奥医師が信用できまするか。今朝方、いや、昨日も含めて、上様がその仲居の調製したものをお口にされてから二度、奥医師による診察はございました。その両度とも、お気色麗しくであったとの報告を受けておりまする」

かなり遅くではあるが、典薬頭のもとへ将軍、御台所、ご母堂などの奥医師が診察する高貴な方々の状況は一応報された。

「むっ」

柳沢吉保が詰まった。

「奥医師まで信用できぬと」

「単に見落としているだけかも知れませぬ」

訊いた柳沢吉保に良衛が疑いをいきなり持つのはよくないと助け舟を出した。

「いや、見抜けぬなど医師としての素質にかける」

今大路兵部大輔が良衛を甘いと制した。

「たしかに、兵部大輔どのの言われるとおりだ」

柳沢吉保が今大路兵部大輔に同意した。

「どうすればよい」

今大路兵部大輔に柳沢吉保が助言を求めた。

「矢切に上様を拝診させていただければ」

「しかし、それは奥医師でなければならぬという決まりを破ることになるぞ」

幕府はすべて前例慣例法度でできている。柳沢吉保が御広敷番医師でしかない良衛に綱吉を診察させるのは難しいと躊躇した。

「そのようなことで上様に万一があったときはどうなさいまする」

強く今大路兵部大輔が主張した。

「それは……」

柳沢吉保が詰まった。

綱吉があってこそ、柳沢吉保の権はある。主君がいなくなれば寵臣も去るのが、世のなかの決まりであった。

「お伝の方さまのことをご報告とすれば、矢切が上様にお目通りを願っても不思議ではございますまい」

「たしかに」

寵姫のことを気にしている綱吉である。その主治医からの報告を聞くとあれば、目通りは問題なくできた。

「上様のお顔の色を拝見するだけでも、矢切ならば異常を見抜きましょう」

「義父上……」

あまりに持ちあげる今大路兵部大輔に、良衛が絶句した。

「わかった。今からお目通りの手配をいたそうぞ」

首肯した柳沢吉保が密談座敷を出て行った。

「無茶なことを……」

残された良衛が今大路兵部大輔を恨みの目で見た。

「お膳立てはした。あとは、そなたがなんとかいたせ」

今大路兵部大輔が良衛から目を逸らした。

第二章　闇の絆

一

天下の城下町江戸《えど》へ仕事を求めて、一攫《いっかく》千金を夢見て、多くの人が集まってきていた。大名たちも幕府の歓心を買うため、できるだけ多くの藩士を常駐させるべく上屋敷、中屋敷、下屋敷以外にも屋敷を欲しがった。商家も店を構える土地を買いあさる。

人が増え、屋敷や店を建てるとなると、住むところが要る。しかし、今ある土地は増えない。そこで、幕府は江戸湾に近い湿地帯を埋め立てることを推奨した。

こうして新開地である深川《ふかがわ》、本所《ほんじょ》は毎日拡げられていた。

「おい、この橋から向こうは、おいらが締める」

背中の入れ墨をひけらかすようにして、大柄な無頼が宣した。

「ふん」

真野《まの》が鼻で笑った。

本所、深川で最大の勢力を誇った辰屋《たつや》の親方が良衛を襲って返り討ちに遭い、その縄張りは浪人の真野が奪い取った。

しかし、いきなり出てきた真野に反発を覚える無頼は多く、ほぼ毎日、こういった輩《やから》が出てきていた。

「なにを笑ってやがる。こちらの数を見ろ。十五人だぞ」

無頼が真野の連れている人数とは比べものにならないと胸を張った。

「鉄炮《てっぽう》や弓を遣う戦じゃねえんだ。数よりも質が大事なんだがな」

面倒だと真野がため息を吐いた。

「このやろう、この岩太郎《いわたろう》さまを甘く見るなよ。おい、痛い目を見せてやれ」

岩太郎と名乗った無頼が、後ろに控えていた配下へ合図をした。

「えへへっへ」

「やりますぜ」

下卑た笑いを浮かべた若い無頼数人が、抜き放った長脇差を手に出てきた。

「詫《わ》びるなら、今のうちだぞ」

「なにに詫びるんだ」

岩太郎の言葉に、真野が首をかしげた。

「辰屋の縄張りを独り占めにしたことだ。半分、よこすならば許してやってもいいぞ」

「どういう理由だ」

「おいらが、どれだけ辰屋に尽くしていたと思っている。辰屋の親方の跡はおいらが継ぐのが筋ってもんだろうが」

問うた真野に、岩太郎が言い放った。

「そのあたりがよくわからねえな。縄張りは実力のある者が奪う。それが決まりだと思っていたが……」

真野が不思議そうな顔をした。

「なら、身体でわからしてやるぜ。やっちまえ」

岩太郎が配下に命じた。

「ぎゃっ」

「ぐえ」

「う、腕、腕があああ」

長脇差を構えた瞬間、前に出ていた若い無頼三人の右腕が落ちた。

「痛《いて》ええ、痛ええよお」

「あわわわわ」

「…………」

斬られた腕を押さえて転がり回る無頼、落ちた腕を拾ってくっつけようとする無頼、あまりのことに茫然《ぼうぜん》自失してしまった無頼、岩太郎を始めとする無頼たちも蒼《そう》白《はく》になった。

「て、てめえ、いきなり斬るとは、ひでえまねを」

震えながら、岩太郎が真野を非難した。

「他人《ひと》さまに白刃見せておきながら、寝言を言うねえ。殺し合いは抜いた瞬間に始まっている。そんな覚悟でよく本所深川で親方を名乗ろうと思ったもんだ」

真野が嘲笑《ちようしよう》した。

「……くそっ、吉たちの仇討《かたき》ちだ。遠慮は要らねえ。皆殺しにしてやれ。こっちのほうがまだまだ多いんだ。おまえら、やっちまえ」

岩太郎が切れた。

「おうっ」

「やってやる」

十一人の手下が長脇差、匕首《あいくち》、手鉤《てかぎ》などそれぞれの得物を手にして突っこんできた。

「園部《そのべ》、卯吉《うきち》、伍蔵《ごぞう》、安《やす》、油断するな」

真野も率いている配下たちに檄《げき》を飛ばした。

「承知」

「合点でえ」

「へへっ」

指示に応じた配下たちが、囲まれないように拡がった。

「しゃらくせえ」

岩太郎の手下が、真野の配下へと襲いかかった。

「なんだとおお」

真野の配下が応じる。

たちまち、深川の狭い辻《つじ》で乱闘が始まった。

「先生、お願《ねげ》えしやすよ」

一人だけいた浪人に、岩太郎が場所を譲って下がった。

「上乗せを求めるぞ、岩太郎の親方」

真野の腕を見た浪人が求めた。

「わかってやすよ。そいつを斬ってくださりゃあ、五両出しやす」

「五両……まあ、それで我慢しよう」

浪人が岩太郎の条件を呑《の》んだ。

「奥州《おうしゆう》浪人の旗風速之助《はたかぜはやのすけ》という。おぬしにはなんの恨みもないが、これも渡世の義理という奴でな。申しわけないが、お命をいただこう」

「真野だ。名前なんぞはどうでもいい。お互い、もう武士ではない」

偽名らしい旗風速之助に、真野が返した。

「参る」

すっと旗風速之助が腰を落とした。

「少しは遣うか」

むやみに間合いを詰めてこないことを真野は評価した。

「人を斬るのは慣れている」

旗風速之助が淡々と告げた。

「……そうか」

気負うことなく真野が前に進んだ。

「こ、こいつ」

太刀を右手に下げて、無造作に近づいてくる真野に、旗風速之助が驚いた。

「先生、頼みます」

戸惑った旗風速之助を岩太郎が促した。

「お、おう」

旗風速之助が、太刀の柄《つか》に右手を置いた。

「抜刀術か。珍しいな」

すぐに真野が気付いた。

「神速の一撃だ。気づかぬうちに死なせてやる」

「それはご親切なことだ」

言い放つ旗風速之助に、真野が感謝した。

「では、拙者は……」

不意に真野が飛びこんだ。

「な、なんの」

慌てて旗風速之助が応じたが、少しの動揺が一瞬の遅れを生んでいた。

「うまくいった。抜刀術は鞘《さや》走らせると面倒だが、それまでに押さえれば、抜き損ねたと同じだからな」

旗風速之助の一撃を太刀で受けた真野が笑った。

「ば、馬鹿な」

半分ほど抜いたところで、鍔《つば》を真野の太刀に止められた旗風速之助が驚いた。

「殺し合いに慣れてないいんだよ、おめえは。抜刀術なんぞを気取る暇があれば、抜くべきなんだ。鞘に収まっている限り、刀は刃物の役に立たねえ」

「くそっ」

旗風速之助が間合いを取ろうと、後ろへ跳んだ。

「逃がすかよ」

どう対処してくるかなどわかっているとばかりに、真野が合わせて踏みこんだ。

「わああ」

太刀を抜けない旗風速之助が焦った。

「放せ、放せ」

旗風速之助が、右手で鍔を揺さぶって真野の制約から逃れようとした。

「ほい」

すっと真野が太刀を引いた。

「おわっ」

力を入れすぎていた旗風速之助が、重心を崩した。

「足腰がなっていないな。まあ、今更遅いが」

あきれながら真野が太刀をそのまま上へと撥《は》ね上げた。

「ぎゃっ」

顎の下を撥ねられた旗風速之助が血を噴きながら崩れた。

「せ、先生」

倒れかかってくる旗風速之助を岩太郎が支えようとした。

「お優しいことだ」

その岩太郎の目の前に、血塗られた太刀を真野が模した。

「ひいいいいい」

受け止めた旗風速之助を放り出して、岩太郎が真野から逃げようとした。

「そいつはないだろう」

苦笑しながら、真野が太刀を鋭く振った。

「…………」

盆の窪《くぼ》を切っ先で裂かれた岩太郎が声もなく死んだ。

「親分が……」

「勝てねえ」

「助けてくれ」

岩太郎の手下たちが蜘蛛《くも》の子を散らすように走り出した。

「後々のこともある。逃がすな」

油断するといつ寝首を掻《か》かれるかわからない。真野は冷たく追撃を命令した。

「おううやあ」

「待ちやがれ」

真野の配下たちが、追いかけた。

「……真野どの」

園部が血刀を拭《ぬぐ》いながら、真野へ声をかけた。

「どうかしたか」

「卯吉が刺された」

問うた真野に、園部が眉をひそめた。

「なんだと……」

真野がうずくまっている卯吉へと駆け寄った。

「どうした。どこを刺された」

「腹をやられち……」

卯吉が左脇腹を押さえた。

「戸板を用意しろ」

追撃に加わっていなかった配下に、真野が指示した。

「急げ。矢切《やきり》先生のところへ運びこむ」

戸板に乗せられた卯吉を見下ろした真野が走り出した。

二

当番、非番、宿直《とのい》番を繰り返すのが番方医師としての勤務になる。良衛《りょうえい》はお伝《でん》の方を担当したことで、その区切りから放され、連日勤めとなった。

休みなく、連日勤務をする。小姓《こしょう》番、小納戸《こなんど》など、将軍側近の役目にとって、これは羨望《せんぼう》の的であった。それだけ将軍から頼りにされている、あるいは寵愛《ちょうあい》されているということであり、将来の出世を約束されたも同然だったからである。

しかし、良衛にとってそれは名誉でも何でもなかった。

もともと貧乏御家人が、代々の副業である医師をしていただけなのだ。出世など端《はな》から考えていない。

祖父の代から通ってくれている患者もおり、町医者として満足な生活を送っていた。それがいつの間にか、表御番医師を経て、御広敷番医師になった。

もちろん文句を言っているわけではなかった。おかげで普通の町医者が望んでも果たせない長崎遊学もできた。御家人から目見え以上の番医師になり、小普請御家人としての義務から解放された。

だが、良衛の基本は町医者で、患者と触れあい、治療するのが生きがいであり、寄合医師、奥医師になるつもりはまったくない。

診療所でもある屋敷へ来てくれる近隣の患者を良衛は見捨てられず、一日中の勤めを願って辞退し、昼までとしてもらっていた。

その慣習を良衛は破らされた。

将軍綱吉《つなよし》の前に呼び出されたのだ。

「出羽守《でわのかみ》を残し、他の者、遠慮せい」

御座の間で綱吉が、他人《ひと》払いを命じた。

「はっ」

綱吉の性格をよくわかっていないと小姓番や小納戸はできない。分家から本家を継いだ綱吉は、己の指示を聞かない、対応が遅いなど、少しでも軽く見るような態度を許さない。

「気に入らぬ」

この一言で、小姓番も小納戸も首が飛ぶ。そして二度と浮き上がることはなくなる。

本来、将軍の身を守る最後の盾である小姓番は少なくとも残らなければならないとの決まりを無視して、一同が御座の間を後にした。

「出羽守から聞いた。どういうことか、もう一度説明いたせ」

綱吉が直接話を聞きたいと言った。学問好きで知られた綱吉は、すべてを把握したがる癖があった。

「まだ確定したわけではございませぬ。上様に万一があってはならぬと愚考つかまつり……」

良衛は前置きをしてから、経緯を話した。

「……たしかに、躬《み》は伝と酒を汲《く》んだ。そのとき肴《さかな》として、幾品か食した」

思い出した綱吉が認めた。

「畏《おそ》れながら、ご体調は……」

「いつもと変わらぬぞ。奥医師どももなにも申しておらなかった」

おそるおそる尋ねた良衛に、いつもどおりだと綱吉が答えた。

「いつも通りとは、どのような」

通常がわからねば、異常かどうかの判断がつかない。将軍の診察にかかわれない御広敷番医師として、逸脱した行為を良衛はおこなった。

「ふむ……」

綱吉がじっと良衛を見た。

「許す。躬の身体に触れて良い」

「それは……」

許可に良衛が絶句した。

話を聞くだけでも、問題になる。それが診察となれば、大事に発展した。

「出羽守、誰も近づけるな」

綱吉もそれによって引き起こされる騒動を理解していた。

「はっ」

首肯した柳沢吉保《やなぎさわよしやす》が、御座の間下段襖際《ふすまぎわ》に控えた。

「うむ。では、矢切、近《ちこ》う寄れ」

綱吉が良衛を手招きした。

「はっ」

一度深く平伏した後、良衛は遠慮なく綱吉の前まで進んだ。

「拝見をつかまつりまする」

もう一度平伏して、良衛は綱吉の身体に手を伸ばした。

最初に脈を取った良衛は、眉をひそめた。

「どうした」

鋭く綱吉が気づいた。

「し、しばしお待ちを」

良衛は綱吉を制して、より詳しく脈を取れる首筋に触れた。

「そなた……」

首に触れられたことのない綱吉が戸惑った。

「矢切」

目に余ると柳沢吉保も腰を上げかけた。

「お静かに」

良衛は真剣な表情で告げた。

「……出羽守、逸《はや》るな。こやつは医者ぞ」

綱吉が柳沢吉保を宥《なだ》めた。

「はっ……」

良衛を睨《にら》みながらも、柳沢吉保が座り直した。

「舌をお出しいただきたく」

「…………」

無言で応じた綱吉の舌を良衛は舐《な》めるように見た。

「ありがとうございまする」

診察を終えると良衛は、下座へ戻った。

「どうであった」

あらためて綱吉が問うた。

「上様」

良衛が険しい顔をした。

「申せ」

綱吉が遠慮なく所見を述べろと命じた。

「脈が多く、拍子に乱れが見られまする。また、いささか体温が高い気がいたしましてございまする」

良衛が素直に答えた。

「……同じことを申すの」

「同じこととは」

少し間を開けて驚きの声を出した綱吉に、良衛が首をかしげた。

「躬が西の丸から本丸へ入った日、初めて診察をした奥医師が同じことを申しておった」

綱吉が述べた。

五代将軍となった綱吉は、四代将軍家綱《いえつな》の跡継ぎとして一度西の丸に入っている。わずかな間ではあったが、綱吉は西の丸奥医師の診察を受けていた。

「名は忘れたが、その者も躬の脈が気になると申しておった」

思い出すように綱吉が語った。

「もっともすぐに躬は本丸へ移り、そのまま将軍になったため、その者とはそれ以降会ってはおらぬが」

「……今もその者は西の丸に」

「出羽守」

良衛の質問を綱吉は柳沢吉保へと投げた。

「調べておきまする」

綱吉が名前を覚えていない医師となると、見つけ出すのは難しい。さらに綱吉の寵臣《ちょうしん》である柳沢吉保が奥医師を気にするとなれば、ちょっとした騒ぎになる。それはどうなるかわからない現状では悪手になる。西の丸にも奥医師は何人かおり、綱吉を診たのが誰かというのを密《ひそ》かに調べるには手間がかかった。

「で、なにがまずい」

綱吉が良衛に話せと言った。

「脈とは、心の臓が動きを表しておりまする。その数が上様はいささか多うございまする」

「多いと都合が悪いのだな」

「はい」

確かめられた良衛は、ごまかさなかった。

「心の臓も腕や足と同じ筋からできておりまする。剣術の修行で素振りを続けていると手が疲れて力が抜けまする。山登りをしていると足がだるくなったり、痛くなったりいたしまする。それと同じようなことが心の臓でもおこりまする。もちろん、心の臓はもとから一日中働くようにできておりますゆえ、そうそう症状はでませぬが、日を重ねられると……」

「調子が崩れるか」

「はい」

良衛が認めた。

「そなたは身体の傷を治す外道の医師であったな」

「さようでございまする」

確認に良衛は首を縦に振った。

「外道の医師が気付くことを本道の医師たちが気付かぬということはあるか」

「一つ申せますことは、概《おおむ》ね人の範囲ではこのていどの脈、このくらいの体温というのはございますが、皆、顔が違いますように一人一人で差がございまするので、一概に異常だとは……」

ことが他の医師に波及しそうになったのを悟った良衛が逃げを打った。

「もう一度訊《き》くぞ。奥医師は気付いておらぬのか」

「…………」

重ねて問われた良衛が黙った。

「答えられぬか」

「なんとも申しあげにくく」

良衛が口ごもった。

「上様のお食事を一度拝見いたせましょうや」

病状の原因には、食事の確認がもっとも簡単で有効であった。

「そちは一度、台所を見ておろう」

綱吉が知っているだろうと首をかしげた。

「材料などは確認いたしましたが、味までは」

「味がかかわる……」

「はい。甘味がきついと腎の臓を傷めまする。塩気がきついと血の巡りが狂います る」

不思議そうな顔をした綱吉に、良衛が述べた。

「どうだ」

綱吉が柳沢吉保に訊いた。

ずっと同じ味付けで生活してきたなら、それが辛いか、甘いかを判断できなくなる。綱吉が柳沢吉保に答えを求めたのは当然であった。

「いささか塩辛いかと」

柳沢吉保が柔らかい表現ながら濃いと告げた。

「ずっと躬は、あの味できたのだが……」

綱吉が困惑した。

「失礼ながら、神田館《かんだやかた》と同じでございましょうや」

「うむ。神田館にいたころから変わっておらぬ」

念を押した良衛に、綱吉が応じた。

「…………」

「なにかわかったのか」

思案に入った良衛に、綱吉が質問した。

「調べをせねばなりませぬ。今、いい加減なことを上様にお話しするのは、医師として避けねばなりませぬ」

良衛が首を左右に振った。

「早急にいたせ」

「はい」

指示を良衛は承知した。

「ただ……」

「なんじゃ、申してみよ」

口ごもった良衛を綱吉が促した。

「本丸奥医師が、なぜこれを進言いたさぬのかがわかりませぬ」

良衛が苦い顔をした。

「躬が問いただすのは……」

「上様がおかかわりあいになられては、いけませぬ。上様が動かれれば見抜かれたと……」

柳沢吉保が否定した。

「後ろにおる者が隠れるというのだな」

「ご明察でございまする」

理解した綱吉を、柳沢吉保が称賛した。

「矢切、それもそなたが調べよ」

綱吉が命令した。

「わたくしは医者でございまする。探索などはできませぬ」

良衛は無理だと断ろうとした。

「医者でないとわからぬこともあろう」

「…………」

それもたしかである。綱吉に言われた良衛が黙った。

「きっと命じる」

上意であると綱吉が宣した。

「はっ」

旗本は将軍に逆らえない。良衛は手を突くしかなかった。

三

「苦労でござる」

平川《ひらかわ》門を守る番士たちをねぎらって、良衛は下城した。

「…………」

良衛は黙々と屋敷へと足を進めた。

「どうせよと仰せなのだ、上様は」

奥医師がなぜ綱吉の異常を見逃しているか、それを探り出せと言われても良衛には思いつく手段がなかった。

「適当に訊いて回るというわけにもいくまいしな」

訊いた相手が正解を知っているとは限らない、訊いた相手が答えを知っていても話してくれるかどうかわからない、訊いた相手がそれをおこなっている実行犯である、など目も当てられないことになりかねなかった。

「義父上《ちちうえ》にお願いするしかなさそうだな」

今大路《いまおおじ》兵部大輔《ひようべだゆう》がこれをどのように利用し、敵である半井出雲守《なからいいずものかみ》を追いおとす材料にするか、また良衛に面倒な役目を押しつけてくるか、いろいろと本業以外での負担が増えるのは確かである。

良衛は疲れた顔で嘆息した。

「……ここで曲がれば」

途中で良衛が米屋の角で一度止まった。角を曲がった辻の奥に、伊田美絵《いだみえ》が一人長屋で住んでいた。

「いや、いかぬ。伊田どのは、吾《われ》のせいで巻きこまれたのだ。もう、これ以上迷惑をかけてはならぬ」

小さく首を左右に振って、良衛はふたたび歩き出した。

「おおっ、矢切先生」

屋敷が見えてきたところで、路地から良衛を呼ぶ声がした。

「……誰でござる」

良衛が路地の奥を見通すように、目を細めた。

「すまん、拙者だ」

「真野氏……なにがあった」

深川の新しい顔役の険しい表情に良衛が気付いた。

「すまん。一人刺された。頼めるか」

「どこだ、患家《かんか》は」

訊いた真野に、良衛は真剣な眼差《まなざ》しを向けた。

「連れてきている」

「診せてくれ」

後ろを見た真野に、良衛が求めた。

「……左腹か。どれくらい前だ」

「小半刻《とき》（約三十分）少しだ」

尋ねた良衛に、真野が答えた。

「鼓動は弱いが、間隔は減っていない。体温は少し冷たいか。血は思ったよりも少ないな。まにあうか」

卯吉の胸に触り、傷口をあらためた良衛が呟《つぶや》いた。

「頼む」

もう一度真野が頭を下げた。

「屋敷へ運んでくれ。揺らすなよ。準備があるゆえ、先に行く」

良衛が走り出した。

屋敷に駆けこんだ良衛に、三造《さんぞう》が驚いた。

「先生……」

「外道の患家が来る。道具を煮沸してくれ」

「……はい」

さっと三造の表情が引き締まった。

「他の患家は」

「三人お待ちでございまする」

三造が待合へ目をやった。

「わかった」

良衛は待合室に顔を出した。

「申しわけないが、急患でな。半刻（約一時間）以上お待ちいただかねばならぬ」

患者たちに良衛が詫びた。

「あっしはよろしゅうござんすよ」

「あたしも夕方まで暇でござんすし」

怪我の治療経過を診せに来た職人と胃の腑《ふ》の病で通っている芸者が了承した。

「では、一度出直しましょう」

商人が立ちあがった。

「すまぬ」

一同の了解を取った良衛が、診療室へと入った。

「どいてくれ、怪我人だ」

そこへ真野が卯吉を連れこんできた。

「着物をはだけさせろ。そっとだ、そっと」

傷口を露《あら》わにさせた良衛が手を振った。

「下がってくれ。後は医者の仕事だ」

「わかっている。おい、屋敷の裏へ回るぞ。いいか、迷惑をかけるなよ。矢切先生に嫌われたら、終わりだ」

真野が戸板を運んできた配下たちを連れて屋敷を出て行った。

「……ふっ」

真野の気遣いに、一瞬だけ良衛は口元を緩めた。

「さて、三造、傷口を洗うぞ。湯冷ましを」

「へい」

三造が、一度沸かした湯を冷ましたものを卯吉の傷口へと注いだ。

「あう」

意識朦朧《もうろう》としていた卯吉が、刺激に呻《うめ》いた。

「よし、もういい。灯《あか》りを」

煮沸した道具を持って、良衛が傷口へと手を伸ばした。

南蛮《なんばん》流外科術といえども、できることには限界がある。かつての戦場医術のように、馬の糞《ふん》を塗れば血が止まるとか、血を失った患者には牛の小便を呑ませるなどといったまねはしないが、刺傷に際しては洗浄、異物の除去、縫合、消毒しかできなかった。

「焼酎《しょうちゅう》を」

「へい」

縫い終わった良衛の指図に、三造が傷口へ焼酎を垂らした。

「…………」

卯吉は処置の途中で気を失ってしまい、反応しなかった。

「よし」

三造を制し、良衛が傷口を白木綿で縛った。

「もう一度焼酎を。少しでいい」

「…………」

無言でうなずいた三造が、傷口の付近を覆う白木綿を焼酎で濡《ぬ》らした。

「……ここまでだな。三造、真野どのを呼んで来てくれ」

大きく息をついて、良衛が終わりを告げた。

すぐに真野だけが顔を出した。

「どうだ」

「やるだけはやった」

「すまぬ」

真野が頭を下げた。

「しばらく預かるぞ。今、動かせば傷口が開く」

「いや、それでは迷惑がかかる。そっと運ぶ」

このまま安静にさせると言った良衛に、真野が首を左右に振った。

「死ぬぞ」

良衛が断言した。

「しかしだな……」

「患家だぞ。許可を出すまで、愚昧《ぐまい》に従ってもらう」

断ろうとした真野を、良衛が黙らせた。

「すまん。金は十二分に払う」

真野が感謝した。

「しっかりともらう。命の代金だ。ただでは値打ちがなさすぎる」

良衛が笑った。

「そこらの無頼だ。命なんぞ二束三文だぞ。今日も拙者は五人斬った」

暗い顔を真野がした。

「…………」

良衛も襲いに来た者には容赦しない。

「すまん。要らぬことを言った」

真野が謝罪をした。

「そうだな」

人を助けるべき医者が、人を殺す。そこにある矛盾は良衛にとって厳しい現実ではあった。

「とはいえ、他人のために死んでやる気はない」

良衛が宣した。

「だの」

真野も同意した。

「では、悪いが卯吉を任せる」

「十日はかかるぞ」

「承知した」

首肯して真野が帰って行った。

「先生、奥さまと若さまをお迎えに行けませぬな」

「そうなるな」

三造に言われた良衛が苦い顔をした。

良衛の妻弥須子《やすこ》は妾腹《しょうふく》で、実の姉から蔑《さげす》まれていた。結果、姉を見返そうとして良衛を姉婿である二代目奈須玄竹《なすげんちく》よりも先に奥医師へとさせたがっている。

奥医師になるためには、町医者としてより幕府医師として活躍したほうが早い。

つまり、良衛がずっと城中に詰めていることを望んでいた。

そんなときにどこの誰ともわからない無頼を療養のために預かったと知れば、すさまじく機嫌を悪くした。

療養のために患者を預かる。これは医師にとって、大きな責任を負うということである。預かっている最中になにかあれば、あからさまに医師のせいとして世間は見る。

「あそこに入れば、出てくるときには死んでいる」

こんな評判がたてば、もう開業医としては終わりであった。

当然、万一に備えるため、医師はできるだけ患者の側にいなければならなくなる。

良衛の場合、お役という大義名分があり、午前中の留守は問題ないが、それ以降は対応可能な状態が必須であった。

つまり、城中に長く居座ることができず、上役や幕府役人たち、良衛を引き上げてくれるだろう人々とのかかわりが薄くなる。

番医師も役人であり、役人は実力だけで出世するものではなく、上からの引きが要る。それを良衛はできなくなる。

「今日、兵部大輔さまから、引き取りに来いと言われたばかりなのだがな」

どうも時期が悪いと、良衛は苦笑した。

「一応、事情を報告いたしておきましょう」

三造が使者に出ると言った。

「頼めるか。吾が行きたいところだが、術直後だけに患家の側から離れるわけにはいかぬ」

相手は岳父のうえに典薬頭《てんやくのかみ》で上司になる。小者《こもの》にすぎない三造を説明の使者とするのは、本来無礼となる。

しかし、傷口の処置が終わったばかりの患者は急変しやすい。なにかあったとき、三造では心許《こころもと》なかった。

「任せる」

「へい」

良衛に言われた三造が出て行った。

四

将軍綱吉が、奥医師による朝の診察を拒んだ。

「躬に触れることを許さぬ」

「えっ」

いつものように脈を取ろうとした当番の奥医師が唖然《あぜん》とした。

貴人の身体に直接触れるのは畏れ多いとして、手首に絹糸を巻きそれを引いて脈を取る糸脈はさすがに廃れていた。まだ、糸脈に固執する漢方本道医もおり、禁じられてはいないが、大概の奥医師は将軍の手首に薄い絹をあてはするが、直接脈を取る。

それを綱吉が拒否した。

「それでは上様のお身体を拝診仕《つかまつ》れませぬ」

当番の奥医師が困惑した。

「診ずともよい」

「……なっ」

診療を断られた奥医師が驚愕《きょうがく》した。

「いつもと変わらぬ」

綱吉が手を振った。

「ですが、病の始まりを見るには……」

「出羽守」

抗弁しようとした奥医師をうるさそうに見た綱吉が、寵臣の名前を呼んだ。

「下がられよ、お医師」

柳沢吉保が奥医師に述べた。

「いかに小納戸頭さまとはいえ、奥医師の任にお口出しは……」

医者は法外と決まっている。さらに奥医師以上の出世はない。当番の奥医師が思いきった反抗に出た。将軍に直接抗《あらが》うのではないというのもあった。

「上様のご諚《じょう》でございますぞ」

怒ることなく柳沢吉保が奥医師を宥めた。

「これ以上、言わせるか」

あからさまに綱吉の機嫌が悪くなっていた。

「ひっ」

奥医師が顔色を変えた。

将軍を怒らせれば、医者の法外なんぞ吹き飛ぶ。

「ご無礼を仕りました」

当番の奥医師が逃げるように去った。

「ふん」

「上様、よろしいのでございますか」

鼻を鳴らした綱吉に、柳沢吉保が懸念を口にした。

「かまわぬ。医師ごとき、いくらでも替えはある。いざとならば矢切を召し出せばよい」

綱吉が吐き捨てた。

奥医師溜《だまり》が当番奥医師の話で大きく揺れた。

「なにがあった」

奥医師たちが頭を抱えた。

「当番は、貴殿でござったな。なにか上様にご無礼をしたのではなかろうな」

一人の奥医師が当番の奥医師を問い詰めた。

「愚昧に落ち度などございませぬぞ。いつもどおり、お脈を拝見しようとお側に近づいただけじゃ」

当番の奥医師が責任を押しつけられてはたまらないと拒否した。

「他に原因がなかろう。昨日まで上様は、ご不満の気色さえなく、我らの診察をお受けくださっていたのだぞ」

最初に糾弾した奥医師が当番の奥医師を責めた。

「愚昧はなにもしておらぬ」

当番の奥医師が強く否定した。

「まあまあ、落ち着かれよ、実斎《じっさい》どの、英庵《えいあん》どの」

口喧嘩《げんか》になった二人に別の奥医師が割って入った。

「しかしだな、準斎《じゅんさい》どのよ、英庵どのの言いぶんは、端から愚昧が悪いと言われているも同然でござる」

当番の奥医師が不満を言った。

「他に考えられませぬぞ」

指さされた英庵が、当然だと言い返した。

「こやつのお陰で、我らまで上様から同じ扱いを受けてはたまりませぬ」

文句を言い出した奥医師が声を大きくした。

「…………」

仲介に入った準斎が黙った。

「準斎どの……」

不安そうな顔で実斎が準斎を見た。

「と、とにかく、なにが上様のお怒りに触れたのか原因を調べましょうぞ」

準斎が逃げた。

「……わからぬ」

医者が集まったところで、同じ話を繰り返すだけで、一向に埒《らち》はあかない。医者は探索ではなく、病の専門家なのだ。

「典薬頭さまにご相談を」

昼過ぎまでかかって出した決断が、丸投げであった。

「ご足労を」

他の大名がいる柳の間でできる話ではない。奥医師はお城坊主を使って、今大路兵部大輔と半井出雲守を奥医師溜へと呼び出した。

「……という次第でございまする」

当番医師であった実斎が、状況を語った。

「上様が、奥医師の診療を嫌がられた……」

半井出雲守が目を剝《む》いた。

「………」

すでに良衛から事情を聞いている今大路兵部大輔は無言で瞑目《めいもく》した。

「上様へお目通りを願い、お腹立ちの理由を伺うしかないか」

対応を半井出雲守が述べた。

「ご随意になされよ」

今大路兵部大輔は反対をしなかった。

「よろしいのか、余がいたしても」

功績をもらうぞと半井出雲守が確認した。

「典薬頭の仕事は、医師の触れ頭でござる。医師の問題を片付けるのも、その役目。貴殿の思うままに」

「……では」

半井出雲守が怪しそうな目で今大路兵部大輔を見つつ、立ちあがった。

たがいに相手より格上の典薬頭筆頭の座を争っている今大路兵部大輔と半井出雲守である。片方が手柄を立てようとするのを邪魔するのが普通であった。

「兵部大輔さま、よろしいので」

今大路兵部大輔に近い奥医師の準斎が不安そうな表情で問うた。

「よい」

小さく今大路兵部大輔が笑った。

「…………」

待つほどもなく、半井出雲守が難しい顔で戻って来た。

「出雲守さま、いかがでございました」

実斎がすがるようにして様子を訊いた。

「お目通りかなわぬ」

力なく半井出雲守が腰を下ろした。

「理由は……」

「お知らせいただけぬ。ただ、思うところおありにて、当分の間、目通りはかなわぬと」

泣きそうな目で見た実斎に、半井出雲守が詳細を告げた。

「それでは、対応のしようがござらぬ」

英庵が首を小さく左右に振った。

「兵部大輔、そなたどうするつもりだ。医師の触れ頭として、この事態を見過ごすつもりではなかろうな」

動こうとしない今大路兵部大輔に、半井出雲守が苛立《いらだ》ちをぶつけた。

「今はなにもせぬ。いや、なにもできぬ。上様のご機嫌が少しでもやわらぐまで、動かぬほうがよいと判断した」

今大路兵部大輔が動くときではないと述べた。

「なにを言っている。もし、明日も上様が診察を拒まれたらなんとする。それこそ、実斎一人のことではすまぬのだぞ。奥医師の存続にもかかわってくる」

今なら実斎の責任だけですむと暗に半井出雲守が言った。

「そんな……」

実斎が蒼白になった。

「そのときはそのときでござろう。奥医師になにかしらの問題があることが確定するだけ。我ら典薬頭は、その問題を片付ければいい」

今大路兵部大輔が淡々と語った。

「……なにか知っているな」

半井出雲守が今大路兵部大輔を睨《にら》みつけた。

「下司《げす》の勘ぐりは止めてもらおう。ただ、今は静観すべきだと申しておるだけだ」

今大路兵部大輔が半井出雲守をあしらった。

「さて、余は席に戻ろう」

さっさと今大路兵部大輔が医師溜を出ていった。

「なにを企《たくら》んでいる」

半井出雲守が閉められた襖に声を投げた。

「出雲守さま……愚昧を、愚昧をお助けくださいませ」

実斎が半井出雲守に迫った。

将軍を怒らせて奥医師を解任されたとあれば、実斎は医師を続けられなくなる。少なくとも、大名、旗本の患者は近づかなくなる。

「わかっておる。できるだけのことはしてくれる」

半井出雲守がうるさそうに手で実斎を払いのけた。

「…………」

「どちらへ」

無言で立ちあがった半井出雲守へ、頬をゆがめた実斎が問いかけた。

「手を打ってくる」

そう残して半井出雲守も医師溜を後にした。


半日、城中を駆け回って下城してきた主君半井出雲守へ、用人の真田《さなだ》が報告していた。

「吉沢《よしざわ》は死にましてございまする」

「……まことか」

半井出雲守が身を乗り出した。

吉沢は、半井出雲守が評判のよい良衛の診療秘術などの技を盗み取らせようとして、送りこんだ細作《さいさく》であった。良衛の弟子となった吉沢は、その隙を見て秘薬宝水《ほうすい》を奪い取り、半井出雲守のもとへ逃げ出していた。

その後、窃盗の発覚を怖れた半井出雲守によって名古屋《なごや》へ出されていたが、江戸を忘れられなかった吉沢が帰府、その処遇が問題となっていた。

「先日、大川《おおかわ》端の護岸杭《くい》にひっかかっていたと」

「と、とはどういうことだ。確認していないのか」

伝聞だと言った真田を半井出雲守が聞き咎《とが》めた。

「それが……わたくしが知りましたときは、すでに埋葬されてしまっておりまして」

真田が首をすくめた。

「……真田」

半井出雲守の声が低くなった。

「しっかりと片付けよと命じたはずだが……」

「は、はい」

主君の怒りに、真田が震えあがった。

「じ、じつは……」

真田が人入れ屋を隠れ蓑《みの》にした本所の顔役、辰屋《たつや》の親方に始末してくれるよう頼んだことから始まり、その辰屋が潰《つぶ》れ、吉沢の行方がわからなくなった経緯を語った。

「顔役などに任せたのか」

半井出雲守が眉間《みけん》にしわを寄せた。

「こういったことは、慣れている者に任せたほうがよいと愚考仕りました」

真田が言いわけをした。

「死んだことにはまちがいないのだな」

「埋葬する前に町奉行所が取りました人相書きを確認しておりまする」

念を押した半井出雲守に、真田が何度もうなずいた。

「ならば、この度は許す」

「かたじけないお言葉」

真田が平伏した。

「ただし、吉沢が生きているようなことがあれば……」

「……………」

冷たい目を向ける半井出雲守に、真田が俯《うつむ》いた。

「顔をあげろ」

「はっ」

命じられた真田が半井出雲守の顔を見上げた。

「吉沢はもういい。それよりも矢切のことだ」

「矢切がなにか」

話題が吉沢を離れたとはいえ、今度も良衛の名前が出た。真田の表情が険しいものになった。

「昨日、今大路が柳沢吉保さまを呼び出した」

「柳沢さまを」

綱吉の側近として柳沢吉保が取り立てられていることは、すでに江戸城中に知れ渡っている。分家から本家に入った綱吉には、代々の家臣というのがいない。つまり、誰でも目に留まった者が寵臣になる。

今や柳沢こそ、綱吉の腹臣と目されていた。

「それだけならば、まだよい。そのあと柳沢吉保さまに連れられて矢切が、上様にお目通りをした」

「…………」

御広敷番医師は目見え以上であり、なかでも良衛は綱吉の愛妾《あいしょう》お伝の方の主治医である。愛《いと》しい女の状況を聞きたいと綱吉が呼び出しても不思議ではなかった。

「別段、おかしなことではなかろうと思っておるな」

用人の表情を半井出雲守が読み取った。

「……とんでもない」

あわてて真田が取り繕った。

「たしかに、それだけで終わったならばな」

一度半井出雲守が言葉を切った。

「お他人払いがなされたのだ。柳沢さまを除いたすべての者が遠慮させられた。太刀持ちの小姓までだ」

「……それはっ」

聞いた真田が息を呑んだ。

将軍の身はなによりも貴重なものである。さすがに江戸城の奥まで刺客が入ることはないだろうが、万一は許されない。そのために小姓番士がおり、なにかあったときに身を挺《てい》して将軍を守る。その最後の盾まで同席させないというのはありえなかった。

「とくに堀田筑前守さまの刃傷が御用部屋前であった。これで御座の間は緊張しているはずだぞ」

大老堀田筑前守正俊が若年寄稲葉《いなば》石見守《いわみのかみ》正休《まさやす》によって襲われた御用部屋は、御座の間の隣にある。若年寄が大老を殺すなど思ってもみなかった、想定外であったなど、どう言いわけしても、将軍に近いところまで狼藉《ろうぜき》者が入りこんだことには違いない。

小姓番たちが他人払いに唯々諾々と従うのは上意だからしかたないとして、綱吉がそれをさせる理由が、お伝の方のことでは軽すぎた。

お伝の方はお腹さまではあるが、あくまでも身分は奉公人でしかないのだ。

「そこまでは、金を摑《つか》ませてある小納戸から聞き出せたが、他人払いされた部屋でなにがあったかが、まったくわからぬ。それを調べろ」

「……どうやって」

無茶な要求に真田が戸惑った。

「柳沢さまに問うわけにはいくまい」

寵臣が主君を裏切ることはない。裏切れば終わりになる。将来の立身出世を失うだけでなく、今の状態からも落とされる。人というのは、かわいがっている、あるいは信用している者に裏切られたときの怒りほど大きい。どれほどの金を積まれようとも柳沢吉保が、他人払いの後にあったことを話すはずはなかった。

「では、矢切に訊けと」

「ああ。それしかあるまい。どのような手立てを取ってもよい、なにがあったかを調べろ。どうも嫌な気がする」

「嫌な気……」

真田がさらに怪訝《けげん》な顔をした。

「うむ。今朝ご機嫌伺いをした当直番の奥医師がな、お身体に触れられなかったと申しておったのだ」

「奥医師の診察を上様が拒まれたと」

「そうだ」

確認した真田に、半井出雲守が首を縦に振った。

「殿が、お目通りを願われても」

「同じであった」

奥医師を交代しても駄目だったかと尋ねた真田に、半井出雲守が認めた。

「矢切が原因だとお考えでございまするや」

「他にあるまい」

半井出雲守がうなずいた。

「これは上様のお身体にかかわることである。危急の事態ぞ。どのようなことをしてもよい、事情を調べあげよ。もし、上様が難しいお病を得ておられれば、秘薬の出番だ。あの矢切から奪い取った薬で、上様がよくなられたら……余はまさに天下の名医となろう」

半井出雲守が熱に浮かれていた。

「は、はい」

真田が承諾した。

五

今大路兵部大輔の機嫌は良かった。

「矢切め、うまく上様を焚《た》きつけたと見える」

刻限まで柳の間でなにをするでもなく過ごした今大路兵部大輔は、大手《おおて》門前広場で待っていた駕籠《かご》に乗りこんだ。

「屋敷ではなく、矢切のもとへ行け」

今大路兵部大輔が供の家士に命じた。

「はっ」

家士が一礼して、駕籠の扉を閉めた。

乗輿《じょうよ》というのも格になる。武家諸法度《ぶけしょはっと》に「むやみに乗輿してはならない」という項目が有り、駕籠に乗るにも幕府の許可が要った。

今大路、半井の両家は、医師の家系であるというのと従五位下典薬頭という位階をもって乗輿が認められていた。

「痛いからといって腰を無理に伸ばすのは、かえってよくないぞ。痛いときは、痛みを感じるか感じないかぎりぎりのところまでで動きを止めるべきなのだ」

昼から来た患者を治療していた良衛のところへ、三造から今大路兵部大輔の来訪を報《しら》された。

「客間へお通しせよ」

今大路兵部大輔の来訪、その意味を良衛はすぐに理解した。

「目の前の患家を優先したが、さすがに上様のことを放置もできぬな」

医者というのは因果なものである。目の前に重傷の患者がいれば、どうしてもそちらのことばかり考えてしまう。

良衛は反省をしつつ、今大路兵部大輔のもとへと向かった。

「邪魔をするぞ」

客間で今大路兵部大輔が、笑っていた。

「ようこそのお出《い》ででございまする。妻と長男につきましては、申しわけありませぬ」

良衛は引き取りに行けなくなったことをまず詫びた。

「よい、あのようなことがあっては無理もない」

今大路兵部大輔が手を振った。

「ところで、矢切。上様となにを話した」

早速、今大路兵部大輔が用件を切り出した。

「じつは……」

良衛は今後の協力も考えて、今大路兵部大輔にすべてを告げた。

「脈が多い、体温が高い。それは心の臓に負担がかかる」

将軍の侍医ではないが、今大路兵部大輔も曲直瀬《まなせ》流医術の江戸における流主である。医学の心得は、普通以上にあった。

「それも問題ではあるが、なぜ、奥医師の間で見過ごされているかが重要だの」

すぐに今大路兵部大輔が本題に気付いた。

「兵部大輔さまはなにかご存じでは……」

「堅苦しい呼び方をするな。城中ではないのだ。岳父と言え、岳父と」

他人行儀だと今大路兵部大輔が良衛をたしなめた。

「ですが……」

「そなたと余は義理の親子であるだけではない。幕府の役人として一蓮托生《いちれんたくしょう》の関係にあるのだ」

城中と普段とをうまく使い分ける自信のない良衛が断ろうとするのを、今大路兵部大輔が拒んだ。

「はい」

今大路兵部大輔の言葉は正しい。今大路兵部大輔の引きで表御番医師となった良衛がなにか失態を犯せば、推薦者の責任から逃げられない。と同時に、良衛がお伝の方の懐妊などお手柄をあげれば、今大路兵部大輔も褒賞を得られる。それこそ、望んでいた典薬頭筆頭、うまくいけばお伝の方があらたに生まれる子供の扶育の一人となれる。

扶育は親代わりであり、その子供が大人になったときの側近となる。綱吉における牧野備後守《まきのびんごのかみ》のようなものだ。うまくいけば、大名への引きあげもある。

「さて、話を戻そうか」

本題だと今大路兵部大輔が姿勢を正した。

「上様のご体調について、典薬頭には詳細は届かぬ」

「それは……」

驚く良衛に、今大路兵部大輔が続けた。

「典薬頭は幕府医師の触れ頭、幕府から医師たちへ下される法度などを取りまとめするだけでな。それ以外は蚊帳《かや》の外なのだ」

苦い顔で今大路兵部大輔が述べた。

「形だけの医師頭」

「…………」

思わず口にした良衛の無礼を今大路兵部大輔は咎めなかった。

「だが、奥医師全部が上様のご異常を見過ごしたとは思えぬ」

「はい」

首を横に振る今大路兵部大輔に、良衛は同意した。

「全部が入れ替わるわけではないが、将軍のご代替わりがあれば奥医師も入れ替えを受ける」

親子での将軍継承ならば、問題はあまりないが、そうでなければ新たな将軍は、己の信用できる者をその任に付ける。

「では、今の奥医師の方々は……」

「たしか、先代将軍家綱《いえつな》公ご逝去の後、奥医師のほとんどは任を解かれている」

確認した良衛に今大路兵部大輔が答えた。

「あのときは、苛烈《かれつ》であったな。ご体調を崩されていた家綱さまを慰めるとして、執政衆が、やれ、能だ狂言だ、踊りだと何刻も付き合わせ、お疲れをましたからな。事実、一度回復なさった家綱さまが、ふたたび病をぶり返され、そのまま敢《あ》えなくなられたのは、ご無理が祟《たた》ったとしか思えぬ。あの延宝《えんぽう》八年（一六八〇）の夏は異様に暑かったのも悪かったのだろうがな」

今大路兵部大輔が思い出した。

「なにを……」

良衛は容体の安定しない患者を安静にさせなかった執政衆を始めとする奥医師たちにあきれた。

「よくぞ、それで天下の執政、名医だと……」

「鎮まれ、矢切」

口を極めて執政たちと奥医師たちを罵《のの》ろうとした良衛を今大路兵部大輔が制した。

「義父上……」

「落ち着け。ここで騒いでもなんの意味もない。もう、すんでしまったことだ。我らは同じことが二度と起こらぬようにすればよいのだ」

不満そうな良衛を今大路兵部大輔が宥めた。

「……はい。みっともないところをお見せいたしました」

正論に良衛は引いた。

「医師たるもの、どのようなときでも落ち着き、心静かに対処せねばならぬというに」

良衛は激した己を恥じた。

「いや、そこまで己を責めずともよい。これもまた政《まつりごと》なのだ」

「将軍の寿命を削ることが政だと」

言った今大路兵部大輔に良衛が驚愕した。

「ああ。将軍のご寿命をお縮めするのが政ではない。当たり前だな、そうだとすれば将軍家はご就任とともに亡くなられねばならぬ」

今大路兵部大輔が苦笑した。

「では、どういうことだと」

良衛が問うた。

「将軍は飾りでよいと家綱さまが仰せになられたと、そなたは知るまいな」

「そのようなことを家綱さまが……」

ため息交じりに述べた今大路兵部大輔に、良衛は目を剝いた。

「ああ。将軍は最後に可否をくだせばよい。それまでのことは執政たちに任せると言われた」

「そうせい侯」

思わず良衛は家綱の陰口を口にした。

四代将軍家綱は、政のほとんどを大老酒井《さかい》雅楽頭《うたのかみ》忠清《ただきよ》に任せ、いつもその奏上に「そういたせ」と答えていたため、口の悪い幕臣や大名は陰でそうせい侯と呼んで馬鹿にしていた。

「ああ。だが、そのじつは細かいところまで将軍が見ていてはときがかかり、政が停滞してしまう。それを防ぐためには信頼できる執政にあるていどのことを預け、最終の判断だけを将軍がすればいいとのお考えであったのだ」

今大路兵部大輔が家綱の真意を語った。

「なんという……」

そうせい侯という悪口とは真逆な家綱の姿勢を知った良衛は息を呑むしかなかった。

「となるとだ、執政たちはどうすると思う。上様のご信頼が篤《あつ》ければ、己の提案した法度や触れは認められる。ならば上様のご機嫌をとろうと」

「それが、病中の上様をお慰めするとしての観劇に繋《つな》がった」

今大路兵部大輔の言いたいことを良衛は理解した。

「わかるか。最初に家綱さまを招いた執政は、純粋に好意だったからかも知れぬ。病床に長く臥《ふ》せられていた家綱さまをお慰めし、気鬱《きうつ》を払っていただこうとしただけ。だが、それを他の執政は見逃せなかった」

「上様のご信頼を一人占めされると危惧《きぐ》した」

良衛は読み取った。

「おそらくな。そして後からまねをするとき、同じ規模では印象に残らぬであろう」

「前を凌駕《りょうが》するものになると」

「そうだ。最初の一度は家綱さまを疲れさせるほどでなく、かえって気を晴れやかにしたのだろう。しかし、次は前回以上、その次はさらにそれよりも長くとなれば、ご負担にしかならぬ」

今大路兵部大輔が嘆息した。

「なぜ家綱さまはお拒みになられなかったのでございましょう。疲れているゆえと言われれば、お出にならずともすみましたでしょうに」

良衛が首をかしげた。

「それはできぬ。最初の一人の誘いを受けていながら、次からを断る。これは贔屓《ひいき》になる。断られた執政の面目もなくなる。贔屓とそうでない者を御用部屋に作ることは、政に決してよろしくはない。家綱さまは、それをお考えになられたのだ」

「お言葉を返すようでございますが、家綱さまは大老酒井雅楽頭を寵臣となさっておられたのでは」

すでに贔屓を作っているのではないかと良衛は訊いた。

「寵臣は主君の死とともに去るのが決まり。家綱さまは己のご寿命をお感じであったのだ。己が世を去った後、酒井雅楽頭さまも執政の座を降りる。その後を継いだ執政たちに、差が生まれてはならぬと、家綱さまはお考えになられたのだろう」

「御用部屋に火種を残さぬために、吾《わ》が命を削った。なんという……」

今大路兵部大輔の推測を聞いた良衛が感心した。

「それが将軍家、いや、天下人というものなのだ」

うなずきながら今大路兵部大輔が断言した。

「その将軍家をお守りするのが、我ら幕府医師ぞ。その幕府医師がみょうなことをしている。上様に政以外でご負担をお掛けしてはならぬ。なんとしても上様のお命をお守りせねばならぬ」

「はい」

強い決意を見せた今大路兵部大輔に、良衛は首肯した。

第三章　医師の政

一

将軍の侍医、天下の名医として、奥医師は高い矜持《きょうじ》を持っていた。

「典薬頭《てんやくのかみ》さまとはいえ、我らの診療方針に異を唱えられるのはご遠慮願いたい」

名医の末裔《まつえい》でしかなく、今は将軍どころか御番医師としての役目を与えられていない典薬頭二人を奥医師は軽視している。

「まだまだ修業がたりぬわ」

表御番《おもてごばん》医師、御《お》広敷番《ひろしきばん》医師などは、弟子扱いする。

それだけの権威を奥医師は与えられていた。

「今日も、上様をご拝診できなかった」

当番の奥医師が肩を落として医師溜《だまり》へと戻って来た。

「ほれ見よ、愚昧《ぐまい》のせいではなかったであろうが」

一人快哉《かいさい》を叫んだのが、昨日綱吉《つなよし》から拒まれたことで、同僚たちの冷たいあしらいを受けた実斎《じっさい》であった。

「控えられよ。ことは、貴殿一人の話ではなくなったのだ」

はしゃぐ実斎を準斎《じゅんさい》がたしなめた。

「うっ……」

実斎が詰まった。

医師溜には、ことの重大さも相まって、非番の者まで全員が集まっていた。

「そういえば、先日産科の奥医師であった田上清往《たがみしんおう》がお咎《とが》めを受けたであろう」

ふと思い出したと英庵《えいあん》が口にした。

「田上……おお、そう言えばおったの」

実斎が手を打った。

奥医師のなかにも格付けはあった。字のごとく本道がもっとも格上になり、続けて外道、そして産科、眼科、口中科などは、その下扱いを受ける。

「田上清往が放逐された事情をどなたか存じおられぬか」

英庵が集まっている奥医師たちを見回した。

「産科は田上清往どのだけであったからのう。ここに来られるより御広敷の医師溜で詰めておられるほうが多かったようであるし」

歳嵩《としかさ》の奥医師がわからないと首を左右に振った。

「愚昧《ぐまい》もお話ししたことさえない」

「挨拶《あいさつ》くらいであった」

皆、田上清往の事情はわからないと否定した。

「しかし、上様が奥医師を避けられる原因など田上しか考えられぬぞ」

昨日、己が言われたことをそのまま実斎が口にした。

「事情を知るのはどなたじゃ」

「典薬頭さまであろう。医師の触れ頭だ。理由はご存じのはず」

英庵の質問に、準斎が答えた。

「訊《き》いてこよう。濡《ぬ》れ衣《ぎぬ》をこれ以上着させられてはかなわぬ」

実斎が立ちあがった。

「お願いする」

準斎が軽く頭を下げた。

「その間に、愚昧はお城坊主どのに話を伺うとしよう」

「それは妙案でござる」

英庵の発案を準斎が褒めた。

「後で折半くだされよ」

お城坊主への心付けを一人で払わせるなと英庵が釘《くぎ》を刺した。

「……意外と細かい御仁じゃの」

廊下へ出て行った英庵を見送った準斎が苦笑した。

「金というのは、己の為に遣うのは惜しくないのでございますがな。英庵どのも若い妾《めかけ》を囲っておられると聞きました」

別の奥医師もため息を吐いた。

柳《やなぎ》の間は奥医師の殿中席でもある。お城坊主にわざわざ呼びだしをかけずとも、己で声をかければすむ。

実斎が柳の間へ入り、半井出雲守《なからいいずものかみ》に近づいた。

「出雲守さま……」

「どういたした」

配下の奥医師の登場に、半井出雲守が問うた。

「少し……」

他聞を憚《はばか》ると実斎が声を落とした。

「わかった」

半井出雲守が腰をあげた。

「ここでよかろう」

先日、今大路《いまおおじ》兵部大輔《ひょうぶだゆう》と良衛が密談した空き部屋を半井出雲守も選んだ。

「今朝のことはすでに……」

窺《うかが》うような目で実斎が半井出雲守を見た。

「上様のご機嫌斜めということならばな」

半井出雲守が眉をひそめた。

「そのことにつきまして、お教え願いたく参上いたしました」

「なにを聞きたい」

実斎を半井出雲守が促した。

「田上清往がなぜ奥医師を放逐されたか、そのわけを」

「……田上清往か」

一層半井出雲守が嫌な顔をした。

「……あやつはな、お伝《でん》の方さまの邪魔をしたのだ」

「ひっ」

聞いた実斎が悲鳴をあげた。

お伝の方を怒らせる、それは綱吉を怒らせると同義であった。

「御広敷番医師の矢切良衛《やきりりようえい》が、南蛮《なんばん》渡りの秘術をもって、お伝の方さまをご懐妊に導こうとしている。これは存じおるな」

「はい」

有名な話である。すなおに実斎がうなずいた。

「田上清往は、それを吾《わ》が手柄にしたかったらしい」

「……愚かな」

半井出雲守の言葉の意味するところを実斎は理解した。

「産科の医師はなかなか金にならぬ」

小さく半井出雲守が笑った。

奥医師は天下の名医だと幕府が保証したものだ。本道、外道、眼科、口中科の区別なく、奥医師になった途端、門前は市をなす。

需要が高くなれば、ものの値段はあがる。これは医師にも通じる。奥医師の謝礼と薬代は、それ以前の数倍に跳ねあがる。

「なんとか奥医師に」

江戸中の医者が奥医師を目指す主な理由がそれであった。

さすがに三代将軍家光《いえみつ》の寵臣《ちょうしん》老中堀田《ほった》加賀守《かがのかみ》正盛《まさもり》を診た初代奈須《なす》玄竹《げんちく》のように、一度の診療で千両もらえるということはないが、それでも百両くらいは楽々稼げる。

ただ、産科だけは別であった。産科は奥医師になったところで、さほど儲《もう》けは増えなかった。もちろん、患者も謝礼も増えるが、基本、江戸《えど》のお産は産科医ではなく、産婆の仕事になる。大名や旗本の出入り先は増えても、そうそうお産があるわけではなかった。

「女を孕《はら》ませる術を持っている。こう評判になれば、どれほど患家《かんか》が集まるか、想像はつこう」

「はい。跡継ぎを求めている大名、旗本、豪商が列をなしましょう」

半井出雲守の話に実斎が同意した。

幕府は武士に跡継ぎなきは断絶という決まりを課した。由井《ゆい》正雪《しょうせつ》の慶安《けいあん》の変で浪人が問題になったことで昔ほど厳しくはなくなり、末期養子《まつご》は認められるようになったとはいえ、誰もが吾が血を引いた子供に継がせたいのだ。

豪商も同じで、子供がいなければ身代《しんだい》を親戚《しんせき》に譲ることになる。己が血を吐き、夜も眠らず築いてきた財を、苦労など知りもしない親戚にただでくれてやらなければならないなど、我慢できることではなかった。

そこへ、かならず正室を、妻を、側室を、妾を妊娠させることができる産科医が登場したとあれば、それこそ一年で蔵が建つ。

子供ができるならば千両くらい安いと考える者は多いのだ。

「それでな、矢切の技を寄こせと無理強いして、お伝の方さまのお怒りを買った」

「なんという……」

実斎があきれた。

「焦りすぎじゃ。お伝の方さまが無事ご出産なさってから、いや、ご懐妊なさってからにすれば、咎められることもなかった。お伝の方さまにすれば、ご自身が懐妊なされば、もう矢切などどうでもいいのだからな。おかばいになられなかったろう」

冷たく半井出雲守が述べた。

「そのことで上様が奥医師にお怒りだとは考えられませぬか」

原因ではないかと実斎が訊いた。

「違おう。田上清往は産科医じゃ。上様に取っての奥医師ではない。おそらく上様は田上清往にお目通りを許されたことさえないだろう」

いきなり奥医師になる場合もあるが、そのほとんどは表御番医師、御広敷番医師、寄合医師を経てから出世する。

表御番医師、御広敷番医師に任じられた段階で、目見え以上の身分となり、新規召し抱えのお礼言上という名の目通りがある。

もっとも二百俵ほどの御家人に近い旗本医師が、一人一人将軍に目通りできるわけではなく、家督を相続した他の旗本たちとまとめてになる。それも廊下で平伏している者たちの横を将軍が通るだけという、とても目通りとは言えないものであった。

「ですが、他に思いあたることがございませぬ」

「むうう」

言われれば、そうなのだ。半井出雲守がうなった。

「…………」

「出雲守さま」

黙った半井出雲守に、実斎が戸惑った。

「……実斎」

「はい」

呼びかけられた実斎が応じた。

「その方は、余の引きで表御番医師となり、七年かけて奥医師へとあがった。それでまちがいないな」

「ご恩は終生忘れませぬ」

半井出雲守の確認に、実斎が頭《こうべ》を垂れた。

「余のためなら、なんでもできるな」

「なんでも……」

実斎が不安そうな顔をした。

「安心いたせ。上様に害をなすようなことは言わぬ」

将軍の侍医になにかをさせる。もっとも碌《ろく》でもないのは、将軍へ毒を盛ることである。奥医師が将軍を毒殺する。成功しても失敗しても、その罪は重い。奥医師が旗本であろうが、切腹なぞさせてもらえるわけはなく、下人以下の扱いを受ける。市中引き回しのうえ、磔《はりつけ》獄門になる。もちろん、一族郎党を含めてだ。実斎が怯《おび》えたのも当然であった。

「これは他言無用じゃ」

　まず半井出雲守が釘を刺した。

「じつはの、一昨日、御広敷番医師矢切良衛が、上様にお目通りをした」

「御広敷番医師が、上様へ……では、お伝の方さまがご懐妊」

　聞いた実斎が目を大きくした。

　大奥女中を担当する御広敷番医師が、将軍へ目通りする。これは側室の懐妊、あるいは病について報告するためであった。

「わからぬ。そのような報告は余のもとへ届いておらぬ」

　半井出雲守が首を横に振った。

「お伝の方が懐妊なされたとあれば、それこそ慶事中の慶事ぞ。無事ご出産なさるまでの介添えの問題もある。我ら典薬頭を抜きに話は進められぬ」

　大奥では出産も医師の担当であった。大奥で生まれる子供は、すべて将軍の血筋になるため、産婆ではなく目通り格を持つ医師がおこなった。

「では、なぜ矢切が……」

「わからぬ。だが気になったのでな、少し調べて見たところ、矢切は上様にお目通りを実する前に、今大路兵部大輔と会っている」

「今大路兵部大輔さまと……たしか、矢切は今大路兵部大輔の娘御を娶《めと》っていた」

一門ならば、顔を合わせても不思議ではない。実斎が首をかしげた。

「その直後、今大路兵部大輔がお城坊主を使って小納戸《こなんど》頭の柳沢吉保《やなぎさわよしやす》どのを呼び出している」

「小納戸頭さまを、今大路兵部大輔が。なにか打ち合わせでもございましたか」

半井出雲守の言葉に、実斎が怪訝《けげん》な顔をした。

柳沢吉保の役目である小納戸頭は、将軍の身のまわりの世話をする小納戸に近い。直接、着替え、歯磨き、洗顔、食事などの用を手伝うわけではないが、側にあってそれらを監督し、さらには綱吉に目通りを願う者の対応もした。

それだけに将軍の様子にも詳しい。医師から将軍の食事の量、用便の回数などを問われることも多い。

「典薬頭が、小納戸頭さまに用などあるものか。我らは城中で医師ではない」

将軍の脈を取らない者が、小納戸頭となにを話すのかと、半井出雲守が自嘲《じちょう》した。

「……………」

同意しにくいと実斎が黙った。

「これもお城坊主から聞いた話だが、小納戸頭さまと今大路兵部大輔の会談に、矢切も参加していたらしい。会話に加わっていたかどうかは、さすがにわからないそうだが、同じ座敷にいたのは確かだそうだ」

「矢切が、柳沢さまと」

実斎が眉間《みけん》にしわを寄せた。

「そして矢切が上様にお目通りをし、他人《ひと》払いがおこなわれた」

「……その翌日から上様が愚昧の診察を拒まれた」

「うむ」

言った実斎に半井出雲守が重くうなずいた。

「矢切が、なにか上様に我ら奥医師のことを讒言《ざんげん》した……」

「確定したわけではないが、おそらくな」

半井出雲守も実斎の推測に同意した。

「おのれ……番医師の分際で、我ら奥医師を」

実斎が怒った。

「矢切に問えば、今回の真実がわかるのではないか」

半井出雲守が実斎の背中を押した。

「左様でございまする。矢切めを詰問してくれよう」

実斎が憤怒《ふんぬ》のまま立ちあがった。

「待て、実斎」

けしかけた半井出雲守が止めた。

「上様のご不興を蒙《こうむ》っているときに、奥医師が御広敷番医師と城中でもめるのはまずい。それこそ、奥医師すべてを入れ替えよと上様が仰せになるやも知れぬ。少なくともその方は放逐されるぞ」

「……あっ」

忠告されて田上清往のことを思い出した実斎が声をあげた。

「ではどうすれば……」

「城中でなければよい。外で何があろうとも、それは個々のことだ」

困惑した実斎に半井出雲守が助言をした。

「外で……わかりましてございまする」

「うまくやれ。上様のご不興の原因がわかり、それを払拭《ふっしょく》したとあれば、他の奥医師どもはその方に頭があがらなくなる。奥医師筆頭という役目はないが、実権はその方が握れるぞ」

首肯した実斎を半井出雲守が激励した。

「奥医師筆頭……それはありがたい名前でございまする」

半井出雲守の口にした内容に実斎が興奮した。

「出雲守さま、なんとか奥医師筆頭という名前を設けてはいただけませぬか」

実斎が願った。

「患家が増えると申すのだな」

「はい」

実斎が認めた。

「江戸の町民は、名前に弱いからの」

半井出雲守が小さく笑った。

「よかろう。確約はできぬが、非公式なものでもよければ力を尽くしてやろう」

褒美を半井出雲守がぶら下げた。

「よろしくお願いいたしまする」

実斎が手を突いた。

二

今大路兵部大輔は半井出雲守たちの動きを把握していた。

「ふん」

実斎との密談を終えて戻って来た半井出雲守の姿を今大路兵部大輔が鼻で笑った。

「兵部大輔どの、なにか」

半井出雲守が気付いた。

「いや、あわただしいことだと思っての」

笑いを残したまま、今大路兵部大輔が応じた。

「わかっておるのか、貴殿は。上様が奥医師の診察を拒まれておられるのだ。これは医師の触れ頭である典薬頭にもかかわりあることぞ」

「なるほど。たしかにそうじゃな。では、余も動くとしよう」

「どこへ行く」

うなずいて腰を上げかけた今大路兵部大輔に半井出雲守が問うた。

「先ほど、貴殿はどこへ行き、誰となにを話したのかの」

「……うっ」

切り返された半井出雲守が詰まった。

「お互い、他人のことには口出しせぬようにしたいものだ」

勝ち誇った今大路兵部大輔が、扇子を手に打ち付けながら柳の間を後にした。

柳の間から将軍御座の間は近い。堀田筑前守《ほったちくぜんのかみ》の刃傷を受けて将軍居室を御座の間から遠ざけるべきだという論が出てきてはいたが、それだけの格式を持つ座敷がないというのと、執政たちと将軍の距離が空くのは政《まつりごと》としてよろしくないとの反対意見もあり、なかなか進められていない。

「今大路兵部大輔でござる。上様にお目通りを」

御座の間の前で控えている小姓番《こしょう》に、今大路兵部大輔が頼んだ。

「しばし、待て」

小姓番が尊大な口調で待機を命じた。

将軍最後の盾として知られる小姓番は、忠義に重きを置くことから譜代名門の旗本から選ばれた。禄高《ろくだか》も千石をこえる者が多く、数万石の外様《とざま》大名など鼻にもかけない自負を持っていた。

「お目通りを許される。下座まで参れ」

戻って来た小姓番が、今大路兵部大輔に指図した。

「かたじけなし」

将軍側近の一つでもある小姓番に嫌われるのはまずい。はるかに歳下の小姓番に、ていねいな対応をして、今大路兵部大輔が御座の間下段へと入った。

「今大路兵部大輔にございまする」

御座の間下段襖際《ふすまぎわ》で一度平伏し、今大路兵部大輔が名乗った。

「うむ」

名乗りを聞いた綱吉《つなよし》がうなずいた。

「御免を」

それから今大路兵部大輔は、下段中央まで座を進めた。

「ご機嫌はいかがでしょうや」

今大路兵部大輔が尋ねた。

「よいわけなかろう」

綱吉が苦い顔をした。

「ご体調は……」

「わからぬ。今までならば、問題ないと答えたがの。あの者から聞かされてしまったおかげで、よいのやら悪いのやら……」

今大路兵部大輔の質問に、綱吉が良衛の名前を伏せながらも困惑を見せた。

「よろしければ、拝診仕《つかまつ》りたく」

「そなた医者のまねごとができるのか」

今大路兵部大輔の願いに、綱吉が目を剝《む》いた。

「これでも曲直瀬《まなせ》流本道の江戸宗家でございまする」

大きく今大路兵部大輔が胸を張った。

「そうであったか。典薬頭が医師であったとは知らなんだわ」

綱吉が驚いた。

「よい、許す。近《ちこ》う寄れ」

「えっ」

「……なんと」

今大路兵部大輔を手招きした綱吉に、控えていた小姓番、小納戸が驚愕《きょうがく》した。

「ご無礼を」

御座の間上段に上がろうと今大路兵部大輔が足を出した。

「控えよ、兵部大輔」

大きな声で今大路兵部大輔を制する者がいた。

「上野介《こうずけのすけ》、なんじゃ」

声をあげた者に、綱吉が目を向けた。

「上様、御座の間上段にあがれる者は、小姓番、小納戸、奥医師だけと決められておりまする。兵部大輔にその資格はございませぬ」

上野介と呼ばれた小姓番組頭が綱吉に答えた。

「躬《み》が許したのだぞ」

綱吉が問題ないと告げた。

「いいえ、小姓番以下、上段にあがれる者は、皆誓詞を書き、上様に害をなさぬと誓っておりまする。しかし、兵部大輔はそれをいたしておりませぬ」

上野介が首を横に振った。

「なにを言われる。この今大路兵部大輔が上様に害をなすと……」

聞いた今大路兵部大輔が上野介に嚙《か》みついた。

「かならずとは申しておらぬ。だが、上様最後の守りである小姓番としては、認められぬと申しあげておるのだ」

今大路兵部大輔に向けていた顔を、上野介が綱吉へと変えた。

「上様、ご諫言《かんげん》をお許しいただきますよう」

上野介が、両手を突いて背筋をまっすぐに伸ばした。

「……よい」

綱吉が認めた。

「先日、御広敷番医師にお目通りを賜りましたおり、他人払いをなされました。そのことで、城中に要らぬ噂が立っておりまする」

「要らぬ噂とはなんだ」

述べた上野介に綱吉が問うた。

「御広敷番医師が奥医師を讒言したため、上様が朝の診察を拒まれていると」

「…………」

聞かされた綱吉が黙った。

「御意に対し、無礼千万ではございますが、前例のない者に格別の扱いをお認めになられますると、特例を受けられなかった者どもの不平を呼びまする」

上野介が語った。

「ご無礼を申しました。お怒りの段はこの身にお受けいたしまする」

言いたいことは言ったと上野介が平伏した。

「…………」

ちらと綱吉が柳沢吉保に目をやった。

「…………」

無言で柳沢吉保がまぶたを閉じた。

「上野介、そなたの忠義を疑うことはない。よくぞ意見をしてくれた」

まず綱吉が上野介を褒めた。

「畏《おそ》れ多いことでございまする」

将軍に褒められるのは、旗本としてこれ以上ない名誉であった。上野介が感激した。

「だがの、躬はなにも考えずにやっておるわけではない。要り用だと思えばこそ、他人払いもいたせば、兵部大輔を上段の間へ呼び寄せることもする。躬は将軍である。無駄なことをするほど暇ではない」

「…………」

綱吉の正論に、上野介が沈黙した。

「要らぬ噂が立っておるというならば、注意をせねばならぬ。だがの、どこから噂は出たのだ」

「それは……」

綱吉に尋ねられた上野介が息を呑《の》んだ。

「あのとき御座の間におった者以外で、他人払いを知っておる者はおらぬ」

御座の間であったことは家族にも口外しない。これも小姓番、小納戸の義務であった。

「そなたは小姓番組頭であるな。そう言った噂があると知った段階で、せねばならぬことがあろう」

じっと綱吉が上野介を見つめた。

「……」

上野介が汗を流した。

「出羽守《でわのかみ》」

「はっ」

声をかけられた柳沢吉保が応じた。

「小納戸どもは大事ないか」

「はい。他人払いを上様がお解きなされた後、当番であった者に念を押してございまする。この場であったことを口外するなと」

問われた柳沢吉保が答えた。柳沢吉保は連日務めもあって、すべての小納戸の上司も兼ねている。柳沢吉保に釘を刺された小納戸たちが、馬鹿をするはずはなかった。

「もし、口外いたしていたらどうする」

「上様のお側に仕えるにふさわしくございませぬ。ただちに、お役を解きまする。もちろん、わたくしもお側から去らせていただきまする」

さらに訊かれた柳沢吉保が告げた。

「…………」

聞いていた小納戸たちが背筋を伸ばした。綱吉の寵臣柳沢吉保を辞めさせて、小納戸たちが無事でいられるはずはない。少なくとも当番であった小納戸一同は連帯責任として、お役ご免になる。いや、綱吉の怒りを買ったのだ、潰《つぶ》されても不思議ではない。

「よかろう」

綱吉が、柳沢吉保の対応を認めた。

「上野介よ。そなたは三日前の当番であったな」

「はっ、はい」

震えながら上野介が首肯した。

小姓は布衣《ほい》格五百石高、若年寄支配で定員は十二名である。十二名を二組に割り、当番の組は朝四つ半（午前十一時ごろ）から翌朝の同時刻まで勤仕した。また、当番を二組に分け、一刻（約二時間）交代で御座の間に詰めた。

「あのとき、そなたもおったの」

「…………」

確認する綱吉に、上野介が声をなくした。

「諫言は受け取る。だが、躬に意見できるのか」

綱吉が無表情になった。

「こ、小姓番の者が、御座の間でありましたことを外へもらすような……」

上野介が言いわけを口にした。

「出羽、上野介は小納戸が原因だと申しておる」

「そ、そのような……」

綱吉の言葉に、上野介が顔色を変えた。

小姓番組頭は二千石ていどの旗本が任じられる。格下の小納戸頭など顎《あご》であしらえるのだが、相手が当代将軍の寵臣とあれば話は違った。

「では、誰が噂の源だ」

厳しい口調で綱吉が質問した。

「……それは」

「調べよ。二日くれてやる。次の当番の日に報告をいたせ」

口ごもった上野介に、綱吉が命じた。

「その日、報告がなければ、登城するに及ばず」

噂を流した者が見つからなければ、小姓番組頭を辞めさせると綱吉が告げた。

「ひい」

上野介が悲鳴をあげた。

小姓番組頭は将軍側に仕える名門旗本垂涎《すいぜん》の役割であり、数年務めれば実りの多い遠国《おんごく》奉行などへ転じていくのが慣例であった。

その代わり、将軍の怒りを買うこともあり、罷免される者も多くいた。将軍から直接罷免を言い渡されれば、旗本としての経歴は数代にわたって潰《つい》える。いや、一人だけでことがすめばまだましである。それこそ、一族郎党にまで影響が出るときもあった。なにせ、幕初は将軍の怒りを買って手討ち、切腹になる小姓番や小納戸があり、この両役につけば家が断絶しかねないと、召し出しにはわざと次男、三男を差し出すようにしていたというほどなのだ。

「まだ、なにか申すことはあるか」

「い、いえ」

綱吉に脅された上野介が面を伏せた。

「兵部大輔、参れ」

話は終わったと綱吉が、今大路兵部大輔を招いた。

「ご無礼を」

今大路兵部大輔がなにげない顔で、綱吉の左脇に腰を下ろした。

「お脈を拝見仕ります る」

懐から白絹の薄布を出した今大路兵部大輔が、綱吉の手首に巻き付けた。

「…………」

しばらく息を止めて今大路兵部大輔が脈を測った。

「……お疲れさまでござりまする」

すっと今大路兵部大輔が頭を下げた。

「うむ。いかがであるか」

「あの者から聞きました通りでございまする」

様子を尋ねた綱吉に、今大路兵部大輔が良衛の名前を出さずに言った。

「むうう。兵部大輔、躬はよくなるのか」

綱吉が不安そうな顔をした。

「大事ございませぬ。南蛮流のような著効は望めませぬが、長きものに対しては漢方こそ最良。どうぞ、ご安心のほどを」

柔らかく今大路兵部大輔がほほえみながら、綱吉を宥《なだ》めた。

「そうか、そうか」

綱吉が喜んだ。

「では、わたくしはこれにて」

今大路兵部大輔が下がりたいと願った。

三

良衛は毎朝の慣例で、お伝の方のもとへ参上していた。

「いかがでございましょうや、月の障りは」

「どうじゃ、津島《つしま》」

お伝の方が側近の中臈《ちゅうろう》に問うた。

「お当て布を拝見いたしましたが、いつもより少ないかと存じまする」

津島が述べた。

お伝の方は綱吉の子を産んだことで、お腹さまとして徳川《とくがわ》の一族並に遇されている。お腹さまともなれば、普段の用便はもちろん、経血の始末も己ではおこなわなかった。

「いつごろ、終わられましょうか」

お伝の方付となったことで産科、婦人科も学んだ良衛であるが、経験は浅い。お伝の方がいつ平常に戻るかはわからなかった。

「津島、どうじゃ。妾《わらわ》はあと三日ほどかと思うがの」

問われたお伝の方が津島に確認した。

「わたくしもそのように思いまするが……」

津島が同意しながら、口ごもった。

「そうよな。上様にお出《い》でを願うには、あと五日は要るの」

お伝の方が津島の言いたかったことを述べた。

「五日でございまするか」

良衛が難しい顔をした。

「上様のお身体に不浄をお付けするわけにはいかぬでの」

将軍と寵愛《ちょうあい》の側室がすることは一つである。良衛も弥須子《やすこ》を娶った直後は、まだ若かったため月のものが終わるなり、閨《ねや》を共にし夜具を汚した思い出があった。

武家は人を殺して地位を築く。そうでありながら、戦場以外での血を不浄として嫌った。そのため、戦の三日前から女に触れない、戦場へ女ではなく、若衆を連れていくなどという習慣があった。

いかに寵愛の側室とはいえ、綱吉に血を付ければまちがいなく叱られる。

「どうかしたのか」

日にちにこだわる良衛に、お伝の方が怪訝な顔をした。

「…………」

「妾にも言えぬことかえ」

黙った良衛に、お伝の方が咎めるような目をした。

「矢切、お方さまのご諚《じょう》ぞ」

津島も責めた。

「他聞を憚りまする」

良衛が他人払いを願った。

「津島はよいな。ならば、一同しばし控えておれ」

側近の同席を要求して、お伝の方が配下の女中たちを次の間へと下げた。

「かたじけのうございまする。少し気になることがございまして、上様のお身体でございまするが……」

良衛が懸念を表した。

「なにっ」

綱吉になにかしら細工がされているのではないかと聞いたお伝の方が腰を浮かせた。

「お方さま、お平らに」

津島が首を左右に振って見せた。

「……そうであった。他聞を憚るのであった。まさに、他人に聞かせられる話ではない」

お伝の方が落ち着こうとした。

「申しわけございませぬ」

お伝の方を昂《たか》ぶらせてしまったことを良衛が詫《わ》びた。

「まったくじゃ、そちはいつも妾を驚かせる」

胸に手をあてながら、お伝の方が良衛を咎めた。

「まあよい。ことがことじゃ。許す。で、毒か」

「……いいえ」

問われた良衛が少し考えて否定した。

「どうして違うと言える」

津島が強い口調で訊いた。

「まず、毒味の方に異変が出ておりませぬ。もっとも体内に蓄積させる型の毒の場合は、毒味ではわからぬときがございまする。たとえば、石見銀山《いわみぎんざん》などがそうでございまする」

良衛が例を出して違うだろうと言った。

「待て、石見銀山と言えば、ねずみ取りであろう。あれは人の口に入ると泡を吹いて死ぬほどの猛毒だと、決して触るなと父から聞いたぞ」

お伝の方は、黒鍬者《くろくわもの》という身分低い幕臣の出身である。実家で石見銀山を使っていたようであった。

「石見銀山は、一度にあるていど以上口にすれば、猛毒でございますが、ほんの少し、耳かき半分ほどを粉末で摂取したぶんには、症状はまず出ませぬ。もちろん、子供や老人、病人などですと、反応が出ることはございますが」

「少なければ害がないのか」

「いいえ。少なくても猛毒でございまする。石見銀山は他の毒と違い、一度体内に取りこんでしまうと、そう簡単に出て行ってくれませぬ。そして、少しずつ蓄積していき、身体の機能を壊してしまい、いつか死に至りまする」

「身体に残る……」

「はい。これの質《たち》が悪いのは、毒味役には反応が出ないというところでございまする」

繰り返したお伝の方に、良衛が付け加えた。

「なぜ、毒味役に異変が出ぬのだ」

津島が首をかしげた。

毒味役がいても意味がないとなれば、お伝の方の食事も警戒をより厳重にしなければならなくなる。

「……毒味役は交代するからじゃな」

理由にお伝の方は気づいていた。

「ご明察でございまする」

良衛が称賛した。

「そうか、毒味役にも当番、非番がある」

津島も理解した。

将軍の毒味は三度なされる。まず台所で、次に囲炉裏の間で小納戸がおこない、最後は御座の間で相伴役の小姓番が担当する。

台所役人は、通常と同じく当番、非番、宿直《とのい》番を繰り返すため、毒味役が担当するのは三日に一度、多くて二度までになる。

小納戸と小姓番は、それよりも少ない。

将軍の側に仕えるという緊張を長くは続けていられない。一度失敗しただけで、手討ちになった小納戸もいるのだ。さすがにそこまでいかなくても、謹慎、免職、改易はままある。小姓番も小納戸も名誉ある役目で、将来も保証されているが、そのぶん、緊張し続けなければならない。

この負担を軽減するため、小姓番も小納戸も、宿直番を除いて概《おおむ》ね一刻《とき》交代となっており、毒味役が回ってくるのは、それこそ何日に一度という頻度まで減る。

摂取量によって症状が出る毒薬であれば、毒味は全員無事ながら、将軍だけ体調を崩すということになる。

「まさか、石見銀山が上様に……」

ふたたびお伝の方が声を大きくした。

「いいえ、石見銀山ではございませぬ」

良衛が断言した。

「石見銀山は鉱山毒でございまする。鉱山毒は銀を黒変させますゆえ、毒味の前に気づきまする」

「そうであったな」

お伝の方が説明を受けて安堵《あんど》した。

将軍の食事には絶えず毒殺がつきまとう。そのため、調理に使う箸《はし》、毒味に使う匙《さじ》などは銀を使うとされていた。

「では、なんじゃ」

お伝の方が尋ねた。

「わかりませぬ。いえ、毒ではないやも知れませぬ」

「なにを申しておる」

良衛の返答にお伝の方が怪訝な顔をした。

「わたくしどもが毎日口にしている食材でも、組み合わせ、あるいは取り過ぎることで身体に害をなすことがございまする」

「毎日食べているものだと……」

お伝の方が困惑した。

「たとえば、塩でございまする。塩は身体になければならないものでございますが、取り過ぎると血の巡りを悪くすると知られておりまする」

「塩か。ならばそれだけ気をつければ……」

「いいえ、塩だけ気にしていただいても足りませぬ。お方さま、醬油《しょうゆ》、味噌《みそ》なども塩で作りまする」

「まことか」

良衛の発言に、お伝の方が目を剝いた。

「はい。醬油も味噌も大豆から作りますが、そのとき大量に塩を使いまする」

良衛が説明した。

「……そういえば、実家にいたころ、味噌をおかずに米を喰《く》っていたな。たしかに、味噌は辛い」

お伝の方が幼いころを思い出した。

「食い合わせは大丈夫であろう。さすがに台所役人がそれは許すまい」

津島が大丈夫だろうと言った。

食い合わせとは、鰻《うなぎ》と梅干し、胡瓜《きゅうり》と蒟蒻《こんにゃく》など、一緒に食べてはいけないとされている食材のことをいう。理由も実際によくないかもわかっていないが、験を担ぐ将軍家で献立として許されるものではなかった。

「上様には申しあげたのか」

「それが、わたくしの身分では、上様とそう何度もお話しできませぬ。それに一度のことで噂が……」

良衛が城中でよくない噂が広がっていると伝えた。

「そのようなこと、上様のお身体に比してみれば、軽々であるぞ」

お伝の方が良衛を叱った。

「承知いたしております。わたくしが御広敷番医師を放逐されるていどですむならば、遠慮なく言上いたしまするが……」

良衛が口ごもった。

「そなたに去られては妾が困る。とはいえ、上様には代えられぬ。それ以上になにがあると言うのだ」

ごまかした先を語れとお伝の方が述べた。

「見抜かれたと知った者が、一気に……」

「薬をあるいは、その毒になりそうなものを増やす……か」

「…………」

お伝の方の推察を良衛は無言で肯定した。

「それはいかぬ、いかぬぞ、矢切」

三度お伝の方が慌てた。

「ゆえに目立ったまねができておりませぬ。毒であれば、誰が入れているか。それを調べればどうにかなりましょう。御広敷の台所には、いささか伝手《つて》もございまする」

良衛は若死にした綱吉の兄、甲府《こうふ》宰相綱重《つなしげ》から恩を受けていた台所役人が、綱重の息子綱豊《つなとよ》に将軍という地位をもたらそうとして、綱吉を毒殺しようとしたのを未然に防いでいる。将軍の食事を司《つかさど》る台所で毒物混入がおきれば、御広敷台所の役人すべてが責任を取らされる。それを守った形になった良衛は御広敷台所に大きな貸しを持っていた。

「妾になにをさせたい」

お伝の方が問うた。

「上様へお出しするお料理の味付けを薄くするようにと台所へ命じていただきたく」

「御広敷台所に伝手があるならば、そなたがいたせばすむだろう」

たった今、そう言ったばかりではないかとお伝の方が不審げな表情をした。

「味付けが変わる。これを料理の失敗と上様がお怒りになれば、台所役人の進退にもかかわりまする。いかにわたくしが頼んだところで、上様のお言葉なしでは……」

良衛がわけを告げた。

「これはなんだ」

将軍が料理に不満を口にしたり、

「まったくお箸をおつけになりませぬ」

食べることを拒んだりすると、台所役人の責任となった。

異物が入っていたら切腹、まずいと言われたら免職、食べなかったら謹慎、これが台所役人の決まりとされている。

いかに借りがあるとはいえ、毒殺の一件は表沙汰《ざた》になっていない。身分をかけてまで良衛の指示に台所役人が従うとは思えなかった。

「他人に知られず、上様にお話をしていただけるのはお方さまだけ。なにとぞ、上様のお耳にこのことを」

良衛が頼んだ。

将軍と側室が男女の閨ごとをする部屋といえども、余人がいないわけではなかった。夜中に将軍が水を欲しがったり、厠《かわや》へ行きたがったりしたときに対応できるよう、雑用をこなす中臈が控えていた。

とはいえ、男女の睦言《むつごと》は耳元で交わすものであり、余人に聞こえないよう囁《ささや》くことはできた。

「あと五日……」

お伝の方がもどかしいと嘆いた。

「急迫ではございませぬ。食べものの害は、急変することはまずありませぬ」

良衛がお伝の方を慰めた。あまり焦りすぎて大騒ぎされては、より面倒になりかねなかった。

「お手紙を……なかをあらためられるな」

寵愛の側室とはいえ、将軍へなにかを渡すときは、なかを確認される。将軍へ手紙を書き、身内の引き上げを願ったり、高価な衣装や小間物をねだっては困る。また、手紙に毒針などが仕掛けられていないとは限らないため、徹底して探られた。

「五日後にはかならず、お出で願うようにお手紙を記そう。それならば、疑われまい」

綱吉の子供を懐妊したがっているお伝の方は、しょっちゅう綱吉に閨へ呼んで欲しいとの願いを出している。

また、綱吉も初めて気にいった女であり、吾が子を二人も産んだお伝の方を特別扱いしており、手紙をもらうのを喜んでいた。

「お願いをいたしまする」

穏便な手段で綱吉に警告を発するには、こうするしかないと良衛は考えていた。

「できれば、上様のお召し上がりものを拝見いたしておきたいのですが……」

良衛はもう一つの悩みを口にした。

「どのような味を付けているのか、知っていればどう変えればいいかがわかりますゆえ」

「津島、のちほど手紙を書くのでな、御台《みだい》さまにお届けしてくれや」

お伝の方が側近に命じた。

「はっ」

津島がうなずいた。

「では、わたくしはこれにて」

話が己から外れたと感じた良衛が辞去を求めた。

「なにを言っている。もう少し待て」

手紙を書きながら、お伝の方が良衛を止めた。

「この手紙こそ、そなたの願いぞ」

「…………」

良衛はわけがわからず、返事できなかった。

「御台所は、朝食だけとはいえ、将軍と同じものを食される」

「あっ」

言われて良衛は思い出した。

かつて御広敷台所を調べたときに、朝、日本橋《にほんばし》の魚市場から鱚《きす》が二十四献上されていることを良衛は知った。

鱚は字のごとく魚へんに喜ぶと書く、祝いものである。徳川家では毎朝、将軍と御台所の膳《ぜん》にこの鱚を付け焼きと塩焼きで出した。これは一年を通じて変わることがなかった。

「その鱚を御台さまにお分けいただく」

「……そのようなことが」

御台所の朝食、そのおかずを奪う形になるのだ。良衛が震えたのも無理はなかった。

「上様のおためとあれば、御台所さまはご協力くださる」

お伝の方が大丈夫だと保証した。

綱吉の正室は、五摂家《ごせっけ》の一つ鷹司《たかつかさ》家の姫、信子《のぶこ》である。信子は綱吉が将軍になる前に輿《こし》入れしてきており、子をなしてはいないが、夫婦仲は悪くはなかった。

「しばし、休むがよい」

使者に手紙を出させた後、お伝の方は良衛を次の間へと下げた。

「かたじけなき仰せ」

機嫌を損ねれば、良衛の首なぞ一瞬で飛ぶ。いかに患者とはいえ、お伝の方の近くで過ごすのはきつかった。

「茶を出してやれ。落雁《らくがん》があったろう、それもの」

お伝の方が配下の女中に命じた。

「………」

良衛は周りを女中に囲まれて、居心地の悪い思いをしていた。

「なぜ、このような医師ごときが……」

「他人払いまでお認めになるとは」

「長年お仕えしている我らよりも、信じておられるなど」

女中たちが格別扱いを受けている良衛への嫉妬《しっと》を見せて、睨《にら》んでいるのだ。

「勘弁してくれ……」

小さく良衛は呟《つぶや》いた。


半刻ほどで御台所の返答を携えて一人の女中が、お伝の方の館《やかた》を訪れた。

「お御台さまよりの、お答えでおじゃる」

鷹司家の姫である信子の部屋にいる女中たちは、京言葉をかたくなに守っていた。なにせ、信子に付いて京から来た公家《くげ》の娘なのだ。関東を荒戎《あらえびす》として見下している。

「はっ」

お伝の方が上座を譲って手を突いた。

「明日朝、五つ（午前八時ごろ）過ぎに、取りに参れとのご諚である」

「御台所さまには、お聞き届けいただき、伝、感謝仕りまする」

お伝の方が礼を述べた。

「うむ」

京から御台所鷹司信子に付いて大奥入りしてきた中臈が、鷹揚《おうよう》に首肯して帰って行った。

「……これでよいの」

「畏れいりまする」

声をかけたお伝の方に良衛は平伏した。

五摂家の姫で、大奥の主《あるじ》たる御台所、その鷹司信子に手紙を渡すだけで望みを叶《かな》えさせる。良衛はあらためて、お伝の方の実力を思い知った。

「では、下がれ」

「はい」

手を振られた良衛は、一礼してお伝の方の館を出た。

四

お城坊主からの聞き取りなども含め、奥医師たちは綱吉の変化の原因を矢切良衛と断定した。

「あやつがなにを申したか、それを確認してくる」

奥医師を代表して詰問してくると、実斎が名乗りをあげた。

「今大路兵部大輔さまの娘婿に対抗するならば、半井出雲守さまの筆頭弟子である貴殿しかない」

英庵も推薦した。面倒ごとを引き受けてくれるのだ、ありがたい。もっともそれで綱吉の機嫌が戻れば、功績は実斎のものになるが、だからといって奥医師にこれ以上の出世はない。せいぜい、今後敬意を払った風の対応をすればいい。なにより、失敗したときの責任を取らなくていい。

「くれぐれもやり過ぎぬようになされよ」

今大路兵部大輔に近い準斎が釘を刺した。

「お任せあれ。奥医師に御広敷番医師は逆らえぬ」

本日当番でない実斎は、いつ下城してもいい。昼過ぎに、実斎は大手門《おおて》を出た。奥医師の格は高い。もっとも身分はさほどではないが、将軍の侍医として駕籠《かご》に乗ることが認められている。

奥医師は開業を認められている、というか、すぐれた開業医が奥医師に選ばれる。幕府は奥医師に任じるに当たって、お役目大事を厳命するが、それ以外の日は仁の精神で診療するようにと許していた。

医師は僧侶《そうりょ》として扱われる。そのため、禿頭《とくとう》にするし、施術として診療代金を明確に要求しない。

しかし、無料では医者が生きていけない。そこで僧侶のお布施に当たる礼金をもらう。

その礼金が奥医師になると跳ねあがった。将軍の侍医に診てもらっているという患者の喜びと自慢、そして良くなるだろうという期待、それらが組み合わさって奥医師の礼金は高額になる。

当然、それに見合うだけの形が要る。一回の診療に十両以上の礼金を要求する医者が、一人で薬箱を持って往診に来ましたでは、貫禄《かんろく》がなさすぎる。

結果、高い金を取る医師ほど見栄を張るようになった。

実斎は四人の陸尺《ろくしゃく》が担ぐ駕籠に乗り、薬箱持ち、草履持ち、鋏《はさみ》箱持ちを従えたうえ、数人の弟子を引き連れていた。

「奥医師最上《もがみ》実斎先生が、こちらの矢切先生にお会いしたいとお出でござる」

先触れの弟子が、礼儀があるのやらないのやらわからない口上を三造《さんぞう》へ告げた。

「どうぞ、玄関まで御駕籠を」

患者を運ぶという理由から、医師の家には玄関と式台が設けられている。そこへ駕籠を付けてくれと三造が述べた。

「急がれよ。最上先生はお忙しい」

良衛を呼びに行こうとした三造に、弟子が言った。

「……若先生も忙しいわ」

口のなかで三造が反論した。

「少し、落ち着いたな」

卯吉《うきち》の傷口の布を換えながら、良衛が安堵した。

「ありがとうございやす。おかげさまで命拾いいたしやした」

起き上がれるていどに回復した卯吉が頭を下げた。

「礼なら、真野《まの》どのに言ってくれ。どれだけの金を遣ってもいいから、助けてくれと運んできてくれたのだ。愚昧は医師として、その要望に応《こた》えた。当たり前のことだ」

良衛は手を振って、礼を言わなくて良いと伝えた。

「真野さまには、恩返しいたしやす。この身に代えて」

卯吉が首を縦に振った。

「先生」

そこへ三造が声をかけた。

「開けて良いぞ」

「ごめんを」

三造が良衛の許可を受けて、障子を開けた。

「奥医師最上実斎さまが、先生にお目にかかりたいとお見えでございまする」

「最上先生が……」

三造の報告に、良衛は首をかしげた。

奥医師、御広敷番医師、表御番医師の数はそれほど多くはない。さらに新任された医師は、奥医師であろうとも表御番医師や御広敷番医師の溜《たまり》に顔を出して名乗りを交わす習慣がある。良衛も最上実斎の名前は知っていた。

「玄関式台までお進みをと留めておりまする」

建物へ入るのは認めていないと三造が加えた。

「よくぞしてのけた」

対応を良衛は褒めた。

医師の屋敷には門外不出のものがかなりあった。秘伝の書、患者の診療録、秘薬など、他の医師から見れば垂涎の的なのだ。

事実、良衛は弟子を装った吉沢《よしざわ》に、師杉本忠恵《すぎもとちゅうけい》から分けてもらった秘薬宝水《ほうすい》を盗まれている。

本道の奥医師は御広敷番で外道と産科を担当している良衛の上司ではないが、屋敷にあげてしまって目に付いた書を紐解《ひもと》いたくらいならば咎めにくい。

三造の処置は多少無礼にあたるとはいえ、他家の都合も聞かず、不意の来訪をしたほうにも非があるだけに、実斎としても文句は言えなかった。

「……あの一件にかんしてだな」

つきあいのない奥医師がいきなり屋敷に来る。その理由に良衛は一つ、思い当たることがあった。

「まずいことのようでございますな」

頬をゆがめた良衛の姿を見て、三造の表情も険しくなった。

「まあいい。いきなり城中で呼び出されるよりはましだ」

奥医師溜へ連れ込まれ、十名近い奥医師に囲まれて、問いただされなかっただけいいと良衛は考えた。

「そこまで……」

三造がますます緊張した。

「命を取られるわけでもなし。あまり待たせると後がうるさい。行こう」

良衛は三造を伴って卯吉の寝ている病室を出た。

「……先生にまずいことが……」

残された卯吉の目つきが鋭いものになった。


玄関も式台も幕府のきまりがあり、あるていど以上の家柄、役目でないと持つことはできない。良衛の身分では、両方とも分に過ぎたものであり、医師だからという理由で目こぼしされているだけである。玄関も式台は町駕籠が付けられればいいていどでしかなく、四人で担ぐ駕籠を置けば、ほとんど余裕はなかった。

「お待たせをいたしました」

良衛は式台に乗せられている駕籠へ話しかけた。

「ようやくか。おい、扉を開けよ」

なかから実斎が不機嫌な声を出した。

「奥医師最上実斎じゃ、そなたが御広敷番医師矢切良衛であるな」

実斎が駕籠のなかで座ったまま問うた。

「……さようでござる」

臣下ならば、駕籠のなかからの質問でも許される。いかに格が違うとはいえ、実斎と良衛はともに旗本という身分であり、主君と家来ではない。これはあまりに無礼な態度であった。

「なっ、無礼でございましょう。駕籠からお出であれ」

少し間を置いただけで対応した良衛と違い、三造がいきりたった。

「きさまこそ無礼じゃ。小者《こもの》の分際で奥医師に意見する気か」

実斎の弟子が、三造を怒鳴りつけた。

「よせ、三造。相手になるな」

良衛が冷たい目で怒鳴った弟子を睨みながら、三造を宥めた。

「おまえもだ。これ以上、吾が屋敷で口をきくな」

「なんだと」

良衛に言われた弟子が良衛へ嚙みつこうとした。

「…………」

無言で良衛が殺気をぶつけた。

「……ひゃっ」

医者の弟子、それも奥医師の弟子として、偉ぶっていただけの男に良衛の殺気を押し返すだけの気概などない。

あっさりと弟子が腰を抜かした。

「……や、矢切」

直接ではないが殺気の余波を喰《く》らった実斎も声がまともに出せなかった。

「ご用件を」

向こうが無礼をするならば、こちらも礼を尽くす気はない。良衛はなかへ入れと言わずに、促した。

「あ、ああ。そなた先日上様にお目通りをいたしたとき……」

良衛の顔色を窺いながら、実斎が続けた。

「……なにを上様に申しあげた」

実斎が詰問した。

「上様とのお話を語るわけには参りませぬ」

良衛は拒んだ。

「なにをいうか、そなたが上様になにか要らぬことを申しあげたのだろう。あれ以来、上様は我ら奥医師の診察をお受けくださらぬのだぞ」

「存じませぬな。奥医師の方々が上様から拒まれているなど、初めて耳にいたしました。そのような重大事をたかが御広敷番医師でしかない愚昧にできるわけございませぬ。誰かしら奥医師のお一人、あるいは数人が上様のご機嫌を損ねられたのでは」

糾弾する実斎を良衛は切り捨てた。

「そなたしか考えられぬのだ」

「濡れ衣は困りまする。用件がそれだけならばお帰りくださいますよう」

重ねて言う実斎に良衛は帰れと告げた。

「なぜ、上様とのことを話せぬのだ。吾《われ》は奥医師であるぞ。奥医師には上様のことをすべて知る義務がある」

「面白いことを言われる。上様は天下の将軍、なさることは多岐にわたりまする。

政から諸大名、朝廷とのお付き合い、それらすべても奥医師は知っておかねばならぬと」

「むっ」

正論に実斎が詰まった。

「医術にかかわることは、知らねばならぬ。患家の心に負担がかかれば、身体を壊したり、薬が効きにくくなったりするのでな」

今度は実斎に理があった。

「それでもお話はいたしませぬ」

「逆らう気か。奥医師としての命であるぞ。聞かぬとあれば、半井出雲守さまへ申しあげて、そなたをお役ご免にいたすぞ」

実斎が良衛を脅した。

「どうぞ。願ってもないことでござる」

もともと良衛は幕府医師などやりたいと思ってはいない。町医者で生涯を過ごし、息子に跡を継いでもらえれば十分なのだ。

「きさまっ……後悔するぞ。きさまが無礼を働けば、岳父の今大路兵部大輔さまにも累が及ぶのだぞ」

そなたからきさまと呼び方を下品にした実斎が、今大路兵部大輔の名前を出した。

「…………」

「それは困るだろう。大人しく……」

「うるさい」

黙った良衛を見て調子に乗ろうとした実斎を良衛は一言浴びせた。

「な、なにを」

罵声《ばせい》をくらわされるとは思っていなかった実斎が目を白黒させた。

「役目を追われるのはそっちだ」

「馬鹿なことを言うな。隠しごとをしているのは、きさまだろうが」

言い返した良衛に、実斎が怪訝な顔をした。

「わからぬのか。考えて見ろ、愚昧が上様とお話ししたとき、他人払いをしていた」

「だから、なにを話したのかを訊いている」

実斎が良衛を見上げた。

「他人払いは愚昧が望んだものではない。上様がお命じになられたものぞ」

事実は良衛から求めたに近いが、余人を排したのは綱吉であった。そもそも綱吉の許可なくして、良衛が御座の間から他人払いをさせることなどできはしない。

「…………」

ようやく気付いたのか、実斎の顔色が蒼白《そうはく》になった。

「貴殿は上様が余人に聞かせぬとお決めになったことを無理矢理しゃべらせようとした。愚昧がこのことを御上に訴えればどうなるか」

「ま、待て。そういうつもりではなかったのだ」

良衛を制するように、実斎が口をはさんだ。

「では、どういうおつもりでござったのかの」

「か、駕籠を出せ。帰る」

意地悪く問いかけた良衛には答えず、実斎が駕籠の扉を閉めて出発を命じた。

「あっ、待たれよ。訊きたいことが……」

良衛は綱吉の異常を見過ごしている理由を尋ねようとしたが、駕籠の扉は開くことなく、大急ぎで走り出した。

「残念だな。話をさせる好機だったのだが、脅しすぎたか」

余りの素早さに良衛はなにもできなかった。

「……若先生」

三造も啞然《あぜん》としていた。

「まあいい。これも貸しの一つだ。どこかで取り立ててくれるさ」

良衛は後を追わなかった。

「よろしいのでございますか、あのまま帰して、若先生の邪魔をするようなことは……」

三造が懸念を表した。

「むうう」

言われて良衛は腕組みをした。

保身に長《た》けた小役人ほど、そういった嫌がらせや反撃を得意としている。奥医師が御広敷番医師を放逐することはできないが、足を引っ張るくらいはできた。

「金でお城坊主を買われれば面倒だな」

良衛が難しい顔をした。

城中の雑用をこなすお城坊主とは、御広敷番医師とはいえかかわりなしにはやっていけない。

「誰々さまにご報告を」

こう良衛が頼んだのを後回しにするくらいは、お城坊主にとってなんでもないことである。頼まれた用件をその場でするかどうかは、お城坊主の考え次第なのだ。急がなければならない用件を後回しにされては、いろいろな障害が出てくる。

「報告があがっていないぞ」

こうなったときの責任はお城坊主にはない。それが暗黙の決まりなのだ。もし、上役が理解を持ち、遅れた責任をお城坊主に求めたとしたら、大事になる。

「責任を負わされてはたまりませぬので」

二度とお城坊主は、その上役とその下僚たちの所用を受けなくなる。

城中での書類運搬、使者を担うお城坊主にそっぽを向かれて、やっていける役人などいない。たちまち、その役所は機能を失い、もっと上からの叱責《しっせき》を受けることになる。

「これもすべてお城坊主が……」

と言いわけしたところで、老中も若年寄も聞いてはくれない。老中でさえ、お城坊主の機嫌を損ねたらやっていけないのだ。

「辞めさせる」

お城坊主を解任するのはたやすい。

「…………」

老中に言われたら黙って従うしかない。だが、復讐《ふくしゅう》はかならずされた。なにも本人にやり返さずともよいのだ。老中といえども永遠にその座にあるわけではない。いつかは隠居して家督を譲らなければならなくなる。

老中だからこそ、権力を使え、お城坊主へも対抗できるが、その跡継ぎはただの譜代大名に戻る。

城中のしきたりにも慣れておらず、権力もない若い大名など、お城坊主の敵ではない。

厠にも行けず、弁当も使えず、広大な城中で迷っても助けは来ない。座敷をまちがえただけで謹慎を喰らうのが城中なのだ。それこそ、数日保《も》たずして、目付から咎めを受けてしまう羽目になりかねない。

それをわかっているからこそ、老中もお城坊主の横暴を放置しているのだ。

「先生を虐《いじ》めるというのか、あの奥医師は」

玄関先で悩む良衛と三造の姿を、卯吉が見ていた。

「真野先生に報《しら》せなければ……」

卯吉が呟いた。

第四章　無頼の思案

一

真田《さなだ》は辰屋《たつや》の親方がやっていた人入れ屋の前に来ていた。

「潰《つぶ》れている」

店はまだあったが、大戸は破られ、外から見えるなかは荒らされていた。

「やはり辰屋は死んだな」

あらためて真田は確信した。配下から報告をされてはいたが、なにせ無頼である。つごうが悪くなれば、死んだ振りくらいしてのける。

無頼の親方というのは、力のあるものだ。生きてさえいれば、報復を怖れて店を破壊するようなまねはそうそうできない。

店が潰れているということは、報復の怖れがないとの証明でもあった。

「跡を継いだと言っていた親方の姿もない……」

真田は周囲に目を配った。

辰屋の親方が隠居するので、縄張りを譲られたというのならば店は潰れない。店を潰したのは、辰屋の親方に恨みがある者か、あるいはまったく辰屋とは縁のない新しい親方が縄張りを実力で奪い取ったというのを世間へ見せつけるためにしたかのどちらかである。

「ここにいるのはまずいな」

真田は辰屋の親方と繋《つな》がっていただけに、今の本所深川《ほんじょふかがわ》は敵地であった。

「……とりあえずは」

顔を見られないよう俯《うつむ》きながら、真田は足早に辰屋を離れた。

新開地の深川には人が多い。それも埋め立てや普請に従事する男ばかりである。

一日働いていくらの金をもらう人足仕事をしている男たちにとって、なにが大事かといえば食事と女であった。

一日力仕事をしたならば、家に帰って米を炊き、汁を作る元気などどこにもない。朝もそうだ、疲れ果てているのだから少しでも寝ていたい。朝食の用意なんぞ考えもしない。

そうなると食事の面倒を見てくれる場所が要る。

目敏《めざと》い者が、この儲《もう》け話にかかわらないはずはなく、本所、深川にはたくさんの煮売り屋があった。

飯と汁、菜を付けて三十文くらいの屋台から、酌婦も付いて一回数百文という高級な船宿までできている。

真田はその船宿の一軒へと入った。

「邪魔をする」

「……これは真田さま」

暖簾《のれん》を分けて顔を出した真田に気付いた男衆があわてて近づいてきた。

「大事ございませんか」

男衆が無事かどうかを尋ねた。

「ああ、顔を伏せていたからな。奥は空いているか」

「どうぞ、お通りを」

店先で話をするのは目立つ。他人目《ひとめ》に付かないところへと求めた真田に男衆がうなずいた。

「ようこそのお見えで」

案内した男衆に代わって、船宿の主《あるじ》が挨拶《あいさつ》に来た。

「久しぶりだな」

ほっとした真田が、姿勢を崩した。

「酒と肴《さかな》をいくつかもらおう。女は要らぬ」

真田が注文した。

「はい。おい」

主が廊下に控えていた男衆に手を振った。

男衆がいなくなるのを待って、真田が訊《き》いた。

「なにがあった」

「辰屋の親方が殺されたことは……」

「見たわけではないが、報《しら》せを受けた」

状況をわかっているかと問うた主に真田が淡々と答えた。

「なにかご用命をなさっておられましたので」

「たいしたことではない」

教える気はないと真田が素っ気なく言った。

「失礼をいたしました」

主が謝罪した。

ややこしい新開地で贅沢《ぜいたく》に近い船宿という名の遊郭をしているのだ。ここの主も一筋縄でいく相手ではなかった。

「辰屋の親方が、医者を嵌《は》めたかなにかでもめごとになったとのこと」

「医者を嵌めたのが、どうして身内の裏切りに繋がる」

主の話に、真田はそれが良衛《りょうえい》のことだと気付いたが、顔にも出さなかった。

「その医者が配下の命を救った恩人だったようで」

「矢切《やきり》め、そんなところにまで手出しを」

思わず真田が名前を出して罵《ののし》った。

「……………」

主の目が小さく光った。

「なるほどな、無頼だけに命の恩人への義理は厚いか」

「はい」

うなずいた真田に、主が同意した。

「この辺りは、その浪人の支配を受け入れているのか」

「真野《まの》という浪人に不満を持つ者もおりまする」

しっかり主は把握していた。

「辰屋の配下の多くは、その真野の下についたのだろう。でなくば縄張りを維持できまい」

「まさか、そんなわけはございません。無頼でございますよ。身を潜めている者、隙を見て下克上を企《たくら》んでいる者もおりまする」

真田の質問に、主が首を横に振った。

「………………」

無言で真田が小判を二枚出した。

「繋ぎを取れば……」

小判に手を伸ばさずに、主が確認した。

「わかりが早くて助かる。金次第でなんでもやる、そう、辰屋の親方と同じような奴を連れて来てくれ」

「今すぐにでございますか」

「できるな」

「一刻《とき》（約二時間）ほどお待ちをいただければ」

主が真田の顔色を窺《うかが》った。

「一刻ならば、女を頼もう。一人で待つには、長い」

「ただちに」

すばやく主が二両を懐へしまった。


女を相手にしていれば、一刻などすぐに過ぎる。

「真田さま」

奥の間の外から声がかけられた。いきなり開けないのは、女と部屋に籠《こ》もっている客への気遣いである。

「ああ、開けていいぞ」

「では、ごめんを」

許可を得た主が、襖《ふすま》を開けた。

「もういい、下がれ」

しなだれかかっていた女を追い払うように真田が手を振った。

「あい」

乱れた衣服を整えもせず、女が出ていった。

「入っていいぞ。ああ、窓障子を開けてくれ」

房事の濃厚な臭いが小部屋には籠もっている。そこで危ない話をするわけにもいかないと、真田が主に指示した。

「へい」

表情一つ変えず、主が窓障子を開け放った。

「ごめんをくださいやし」

臭いが出ていくのを待たずに、大柄な男が部屋へ入ってきた。

「仏の鬼作《きさく》と申しやす」

下座で大柄な男が手を突いた。

「仏なのか、鬼なのか、どっちなのだ」

みょうな名前に真田が引っかかった。

「敵をみんな仏にすることから、こう呼ばれておりやして」

自慢げに名前の由来を鬼作が語った。

「ほう。辰屋の下にいたのか」

「いいえ、あっしは少し前に奥州《おうしゅう》から流れてきたばかりで」

「使えるのか」

まだ江戸《えど》へ来て間もないという鬼作を真田は危ぶんだ。

「保証いたしまする。辰屋の店を破壊したのが、この者」

主が告げた。

「店を潰すくらい、誰でもできよう」

真田が信用できないと首を横に振った。

「なかにいた辰屋の生き残り十二人ごとでございます」

「十二人……」

すさまじい数に真田が息を呑《の》んだ。

「鬼作とやらの腕はわかったが、一人では足りぬぞ」

良衛の剣の腕を真田は知っている。一人で勝てる相手ではないと述べた。

「六人で一組を作っておりやす」

「……少ないのではないか」

仲間が居ると言った鬼作に、真田はまだ懸念を払拭《ふっしょく》できなかった。

「確かに数は力でござんすがね。これくらいが一番よいので。これ以上になると裏切りが出たり、腕の落ちる者を加えなきゃいけなくなりやす。背中を気にしながらとか、仲間をかばいながらとか、たまったもんじゃございせん」

鬼作が大丈夫だと胸を張った。

「……よかろう。話をしようではないか」

真田が認めた。

真野は毎日、卯吉《うきち》のもとへ見舞いに来ていた。

それだけに卯吉の表情に陰りがあると気付いた。

「どうした」

「先生……」

卯吉が玄関で見聞きした話を告げた。

「……矢切先生の邪魔になると」

「へい」

声を低くした真野に、卯吉が応じた。

「最上実斎《もがみじっさい》と言ったか」

「さようで」

確かめるように口にした真野に、卯吉が首肯した。

「ちいと挨拶をしておくか」

　真野が口の端を吊《つ》り上げた。

「ぜひ、あっしにやらせてくだせえ」

　卯吉が身を起こした。

「馬鹿を言うねえ。おめえはまだまともに動けないだろうが」

「大丈夫で。もう、先生も傷口は塞《ふさ》がったと」

　拒もうとした真野に卯吉が反論した。

「ほう、矢切先生が……すまぬ、矢切どの」

　真野が卯吉を見ながら、大声で良衛を呼んだ。

「……それはっ」

　卯吉が頬を引きつらせた。

「なにかあったのか。傷口が開いたのではなかろうな」

　良衛が駆けつけてきた。

「いい医者だな」

　真野が感心した。

「すまぬ、急がせた。卯吉の傷口はもう大丈夫なのだろうか」

　走ってきた良衛に、真野が詫《わ》びながら尋ねた。

「傷口はほぼ塞がっているが、まだ完全ではない。無理をすればまた開く。もう一度開けば、今度は縫えぬかも知れぬぞ」

良衛が険しい顔で告げた。

傷口を縫う。これは出血を抑える、出て来ようとする内臓を押さえる、異物が入らないようにするなどの意味でおこなう。布と同じで、人の身体も縫い目に対して、どこに糸を通せばいいかというのは決まってくる。そこが破れれば、最適ではないところを縫わなければならなくなる。そうなれば傷口に負担がかかり、治りが悪くなるだけでなく、治ってからの引きつりなども強くなった。

「卯吉」

「すいやせん」

真野に睨《にら》まれた卯吉が首をすくめた。

「あきたか、寝ているのに」

良衛が苦笑した。

「若いゆえ、なにもしないのが退屈なのはわかるが、怪我は直後にどれだけ手当てできたかが後々に大きく影響する。もう少し、辛抱しろ」

「この馬鹿に代わって詫びる」

真野がもう一度頭を下げた。

「よいとも。わからぬでもないからな」

笑いながら良衛が手を振った。

「さて、診療へ戻るとする」

「かたじけない」

礼を言って真野が、良衛を見送った。

「すいやせん、真野先生」

卯吉がしおらしく下を向いた。

「おめえの意気込みはわかる。だが、おめえになにかあったら、矢切先生が力を落とす」

「…………」

反論もないと卯吉が口を閉じた。

「安心しろ、最上とかいう医者を始末するとなったときは、おめえに任せる」

「本当でございますね」

卯吉が身を乗り出した。

「嘘は言わねえよ」

真野がじっと卯吉を見た。

「では、明日また来る」

見舞いは終わったと真野が背を向けた。

「なぜ、あの浪人が……」

真田に雇われた仏の鬼作の手下が、良衛の屋敷を見張っていて真野を見つけた。

「鬼作の兄貴に報告しなきゃいけねえな」

手下が本所の宿《やさ》へと急いで駆け戻った。

「……医者坊主と真野が繋《つな》がっているだと……」

報せを聞いた仏の鬼作が腕を組んだ。

「船宿の主に聞いたところだと、もとはこの辺りを締めていた辰屋の親方が医者坊主を襲ったところで真野の裏切りに遭って殺されたというじゃねえか。こいつはちいと考えもんだぞ。このまま医者坊主を襲ったところに真野が加勢してきたら、勝ち目はねえ」

「かなり腕が立つという噂でござんすからね」

手下もうなずいた。

「真野の手を塞ぐしかねえな。縄張り内で火があがれば、医者坊主の加勢どころじゃないだろう。おい、真野に恨みを持つ連中を集めてこい。多ければ多いほどいい」

「へい」

仏の鬼作の指示に手下が従った。

二

実斎の訪問を受けた翌朝、良衛は日課の診察のため、お伝《でん》の方の館《やかた》に来た。

「昨日よりは、お汚しも少なくなられておりまする」

お伝の方の月の障りが終わりに近づいていると津島《つしま》が良衛に報告した。

「結構でございまする」

良衛はうなずいて、お伝の方の脈を取った。

「……つつがなく」

毎日診ているだけでなく、食事の管理もしている。そのうえ、妊娠していないとわかっているのだ。異常などあっては困る。

「茶を出してやれ」

お伝の方が良衛をねぎらった。

「畏《おそ》れ入りまする」

患者とお茶をして、いろいろな話を聞くのも医者の仕事である。話していると思わぬ症状のことがでたりするのだ。

「そなたの薬を飲んでから、足先が冷えぬようになっての。夜中に目覚めぬようになった」

「それはよろしゅうございました」

機嫌良くお伝の方が言うのを、良衛は安堵《あんど》しながら聞いた。

漢方とはまた違った発展をしている南蛮《なんばん》流医術といえども、かならず妊娠させる術などなかった。漢方数千年、南蛮流数百年の歴史と叡智《えいち》をもってしても、妊娠は未《いま》だに神秘の範疇《はんちゅう》であった。

だが、そんなことは権力者にとって考慮に値しない。とくに五代将軍綱吉《つなよし》にとって、跡継ぎを望む想いは強い。なにせ、己が子供の居なかった兄家綱《いえつな》の跡継ぎとして将軍になれたのだ。男親としては、なんとかして己が手にした財産や地位を吾《わ》が子に継がせたいと考えるのは当然のことなのだ。

「なんとかいたせ」

こう命令するだけで、事情は気にしない。

「できませんでした」

「役目を取りあげる」

力及ばずと報告した者は解任し、また新たな者を召し出せばいい。天下の主とされる将軍には、それが許される。

弊履のように捨てられる者からすればたまったものではないが、これが世のなかなのだ。とあれば、どうやってその荒波を渡るかの思案になる。

良衛はまず母胎の健全化を図った。そのため、南蛮の秘薬として、生姜《しょうが》などの身体を温める生薬をお伝の方に与えていた。

「それにの、寝起きもよいのじゃ。十歳ほど若返った気がする」

「お薬が性に合われたのでございましょう」

うれしそうなお伝の方に、良衛は同調した。

お伝の方が良衛を疑い出さない限り、綱吉の怒りは落ちてこない。幕府医師という身分に未練はないが、余波が義父今大路兵部大輔《いまおおじひょうぶだゆう》に向かうのは気が重い。

「お方さま、そろそろ」

津島が声をかけた。

「そうじゃな。行かせよ」

「はい」

お伝の方の了承を受けて、津島が動いた。

「…………」

良衛は無言で一礼した。

「礼も詫びも不要だぞ。上様あっての妾《わらわ》なのだ。上様のおためならば、なんでもしてのけるわ」

お伝の方が真剣な目をした。

老中でさえ遠慮する将軍の寵姫《ちょうき》の力の源泉は綱吉にある。綱吉が将軍として威を張っている間、お伝の方は虎の威を借る狐ができる。つまり、綱吉になにかあれば、お伝の方も凋落《ちょうらく》することになる。

事実、歴代の寵姫は将軍の死去とともに落髪して、仏門へ入り、余生をただ菩提《ぼだい》を弔うだけに使う。寵姫であったときのように衣装を作ったり、美食を楽しんだりはできなくなる。食べていくのに困らないていどの扶持米《ふちまい》だけしか支給されず、山のようにいた女中もいなくなる。まさに生活が一変する。

大奥の側室たちが、将軍の身体を気遣うのは己のためでもあった。

「お方さま」

津島が女中を一人従えて上の間へ入ってきた。

「ちょうだいしたか」

「こちらに」

確認したお伝の方に、津島が付いてきている女中が捧《ささ》げている盆を指さした。

「うむ。医師の前へ置きや」

お伝の方が女中に命じた。

「…………」

無言で女中が良衛の前に、盆を置いた。

「これが上様と御台さまの朝餉《あさげ》」

良衛は盆の上に載せられている皿を見て感嘆した。

「よろしゅうございましょうや」

箸《はし》をとってもいいかと良衛はお伝の方へ問うた。

「そのために手配したのだぞ」

お伝の方がうなずいた。

「ちょうだいつかまつりまする」

深々と頭を下げて、良衛は箸を伸ばした。

「鱚《きす》の付け焼きと塩焼き。濃いな」

良衛はまず色などを見た。

将軍家と御台所に毎朝供される縁起ものの鱚は、かならず一匹を塩焼き、もう一匹を醬油《しょうゆ》と酒で付け焼きにした。

「……辛い」

付け焼きを一口食べて、良衛は感想を漏らした。

「では、塩焼きも……同じか」

良衛は続けて塩焼きを口に含んだ。

「こちらも辛い……」

「どうじゃ、矢切」

お伝の方が身を乗り出した。

「両方とも辛いのでございますが、思っていたほどではなく……」

良衛は困惑していた。

「思っていたほどではないとは、身体に悪くないと申すか」

お伝の方が訊いた。

「よくはございませぬが、江戸の庶民のなかにはこれくらいの味で過ごしている者はおりまする」

良衛が告げた。

「調べねばならぬことができましてございまする」

「よい、席を立ってよいぞ」

下がりたいとの良衛の願いをお伝の方が認めた。

下の御錠口《おじょうぐち》を出た良衛は、その足で御広敷《おひろしき》台所へ顔を出した。

「これはお医師」

台所役人を束ねる御広敷台所頭が、良衛のもとへと走ってきた。

「また、なにか」

かつてのことを思い出したのか、御広敷台所頭の顔色は悪い。

「お伺いいたしたいことがござる」

他聞を憚《はばか》ると、良衛は声を潜めた。

「……こちらへ」

すでに台所中の注目を良衛は浴びている。そもそも将軍の食事を作る台所へ、他職の者が足を踏み入れることなどない。異物混入の疑いをかけられでもしたら、己はもちろん一族郎党ごと死罪なのだ。

そのうえ、良衛はかつて台所で起こった将軍毒殺未遂に関連している。皆、そのいきさつを知っているのだ。

前の騒動を繰り返すわけにはいかないと、御広敷台所頭が、良衛を連れ出した。

「ここならば、他人目《ひとめ》もございませぬ」

御広敷台所頭が、勝手口を出て少し行ったところで足を止めた。

「申しわけござらぬ」

職務中に呼び出したことを良衛が詫びた。

「いえいえ。すでに献立は決まっておりますれば」

影響はないと御広敷台所頭が、首を横に振った。

御広敷台所頭は、二百石高、扶持米百俵を与えられるが身分は御家人でしかなく、目見えできる良衛よりは下になる。また、その職務は台所役人の監督と献立の調製だけで、閑職と言えるものであった。

「で、ご足労いただいたわけをお聞かせいただきますよう」

借りのある良衛に、御広敷台所頭が下手に出た。

「お伺いいたしたいことがござる」

そう言って良衛は周囲を見回し、盗み聞きをしようとしている者がいないかどうかを確認した。

「上様のお食事についてでござる」

「まさかっ……また、毒が」

一度あったことは二度あっても不思議ではない。御広敷台所頭が蒼白《そうはく》になった。

「毒ではございませぬ」

ゆっくりと御広敷台所頭が落ち着くように、良衛は否定した。

「それはなにより」

ほっと御広敷台所頭が安堵の息を吐いた。

「では、上様のお食事についてなにが」

御広敷台所頭が、もう一度問うた。

「味付けについてでござる。本日、お味付けを確認いたしましたが、いささか塩気が濃いように存じました」

良衛が感じたことを言った。

「上様のお食事を、口になされた……」

将軍の食事である。食べられる者は毒味役以外にいないはずであった。

「いささか医師として気になることがござってな、お伝の方さまにお願いして、御台所さまの朝餉を……」

「お伝の方さま……」

御広敷に務める役人は大奥と接している関係上、その動向に詳しくなる。綱吉の寵愛《ちょうあい》を一身に集めているお伝の方が、最近、良衛を信頼してその身を預けていることなど、御広敷台所頭は当然知っていた。

「余り口外なさいませぬよう。上様のお食事を召しあがったなどと」

「わかっておりまする」

釘《くぎ》を刺した御広敷台所頭に、良衛はわかっていると答えた。

「さて、味付けのことでございますが、濃いとお感じになられましたか……」

御広敷台所頭が、困惑した。

良衛が驚いた。

「ご存じではないのでござるか」

「はい。わたくしは今日納品された食材を確認し、なにをどのように調理して上様にお出しするかを決めるだけで、実際の調理には携わりませぬ」

味までは監督していないと御広敷台所頭が告げた。

「では、味付けを担っておるのは……」

「台所人が調理をいたし、具合を確かめるのは賄《まかない》吟味役でござる」

御広敷台所頭が、述べた。

「賄吟味役をお呼びいただけるか」

「支配が違いますので……」

求めた良衛に、御広敷台所頭が口ごもった。

「賄吟味役は、御賄頭《おんまかないがしら》さまの配下でございまする」

「御賄頭さまはお目見え以上でござったか」

良衛も思い出した。

ややこしいことだが、御賄頭は、御広敷台所を支配する御広敷台所頭よりも格上であった。その職務は将軍家の使う膳《ぜん》や食器の差配で、調理には直接かかわらない。その御賄頭の下に味見役である賄吟味役が配されている。

これももちろん、幕府の深慮遠謀であった。

御広敷台所頭が、敵に買収されてしまえば、将軍の食事に毒を盛るなど簡単にできる。上役の命令は配下にとって絶対なのだ。調理から毒味まで御広敷台所頭の下における、万一を防げなくなる。そこで、幕府は味見役として御広敷台所頭の支配下にない賄吟味役を設けた。賄吟味役が道具しか担当しない御賄頭に付属しているのも、御賄頭が御広敷台所頭よりも格上の旗本役だというのも、そこに理由があった。

「では、御賄頭どのにお話を……」

「お待ちあれ」

もう一度御広敷台所に戻ろうとした良衛を御広敷台所頭が止めた。

「ご勘弁を願いたい」

「なにを言われる」

良衛が驚いた。

「御賄頭さまに味付けがよくないなどと知られては、御広敷台所頭の面目が立ちませぬ」

逃がさぬと御広敷台所頭が良衛の着物の裾《すそ》を強く摑《つか》んだ。

「そうでなくとも、旗本が台所を支配せず、御家人がその役を任されているとご不満をお持ちなのでございまする」

「…………」

良衛は黙った。

「御賄頭さまの役料は二百俵と少し多いのでございますが、役高はわたくしどももと同じく二百石でございまする」

「釣り合いを量ったのでございますな、御上は」

「はい。御賄頭さまのほうが役高まで上になると、さすがに御広敷台所の秩序が保てませぬ」

役人にとって役高は一つの格付けであった。

「役高が等しいゆえに表だってなにを言われるわけではございませんが、やはり日ごろからご不満はお持ちでございまする」

「御家人の下に旗本が付くのはいい気のものではないと」

「さようでございまする」

確認した良衛に御広敷台所頭が首肯した。

旗本は将軍に会え、御家人は会えない。この差は大きい。御賄頭としては、御広敷台所頭に実権を握られているのはおもしろくない。

「これを瑕疵《かし》として、御賄頭さまが御広敷台所を手中にできるよう、若年寄さまに働きかけられては……」

御広敷台所頭が泣きそうな顔をした。

「貴殿のお悩みはわかるが、ことは上様にかかわることである。止めるわけには参らぬ」

良衛は承諾できないと言った。

「調理の台所人を呼んで参りまする。それでご勘弁を」

すがるように御広敷台所頭が頼んだ。

「台所人を……ふむ。ならば」

吟味役より、直接調理担当に話を訊いたほうが確実だと良衛は納得した。

「かたじけなし。ただちに」

良衛の気が変わらないうちにと、御広敷台所頭が走って行った。

三

「……お待たせをいたしました」

待つほどもなく、御広敷台所頭が二人の台所人を連れて戻って来た。

「本日当番の魚役遠坂《とおさか》どのと漬けもの差配の井下《いのした》にござる」

御広敷台所頭が、二人を紹介した。

「御広敷番医師矢切良衛でござる。本日はかたじけない」

役目の邪魔をしたことを、まず良衛は詫びた。

「いいえ、お頭から伺いましたが、なにやらお味付けについてお聞きになりたいとか」

井下が首をかしげた。

「我らの味付けに不満がござると」

魚役の遠坂が気色ばんだ。

「遠坂どの。落ち着かれて」

御広敷台所頭が、遠坂を宥《なだ》めた。

「遠坂どの……」

良衛が怪訝な顔をした。台所人は御広敷台所頭の支配になる。配下に敬称を付けるだけでなく、気を遣っている様子が腑《ふ》に落ちなかった。

「ああ、遠坂どのはお旗本でございまして」

「旗本……」

理由を語った御広敷台所頭に、良衛は驚愕《きょうがく》した。

「台所人は調理の腕が重要。身分にはかかわりなく選ばれることになっております る」

御広敷台所頭が、説明した。

「それは畏れ入る」

良衛は遠坂に軽く頭を下げた。

「もちろん、貴殿の腕になにかしらの故障を申し立てようというわけではございませぬ。医師として聞いておかねばならぬことがあるだけで」

決して貶《けな》しに来たわけではないと良衛は説いた。

「なにが訊きたい」

まだ遠坂の機嫌はなおっていなかったが、話はしてくれるようであった。

「鱈を味見させてもらいました。塩っ気が多いように感じたのでございますが、これは貴殿の……」

良衛は尋ねた。

「今朝の鱈なら、付け焼きは拙者だ」

遠坂が認めた。

「味付けについては……」

ほんの少しだけ遠坂が頬をゆがめた。

「……遠坂どの」

口ごもった遠坂を良衛は見つめた。

「申し送りに従っておる」

遠坂が無念そうに言った。

「申し送りとはなんでござる」

良衛が御広敷台所頭に問うた。

「そのようなもの、存じませぬ」

御広敷台所頭の表情が強《こわ》ばった。

「知らぬで当然じゃ。御広敷台所頭が台所を支配しているというのは建て前よ。実際は我ら台所人の思うがままよ」

遠坂が代わって答えた。

「ご説明願えるか」

良衛も口調を険しいものにした。

「上様のお食事を作るのは、台所人だということよ。世間の料理を出す店でも、主より料理人が重要であろう。どれほど主が有能でも、まずければ客は来ぬ。御広敷台所も同じ」

「…………」

遠坂の言いぶんを御広敷台所頭は黙って聞いた。

「ゆえに、台所人は身分が決められておらぬのだ。御広敷台所頭は御家人でも務まるが、台所人は腕が要る。御家人のなかだけで優秀な料理人が集まるとは限らぬからの」

自慢げに遠坂が述べた。

「申し送りというのは、台所人だけのものだと」

「そうよ。もっとも正確には台所人でも調理するものの担当の間だけだ」

良衛の質問に遠坂が応じた。

「つまり、魚は魚、漬けものは漬けものと、同じ台所人でも申し送りの内容は違ううえ、他の者にはわからないと」

「さようでございまする」

確かめる良衛に、漬けもの担当の井下が首を縦に振った。

「では、漬けものにも申し送りが……」

「ございまする」

井下が認めた。

「それはどのようなものでござるや」

「申せませぬ。申し送りは他人に教えてはならぬ決まりでございまする」

良衛の求めを井下が拒否した。

「台所頭どの」

声を低くして良衛が御広敷台所頭を促した。

「わかってございまする」

御広敷台所頭が、何度も首を上下に振った。

「決まりとは知っておるが、枉《ま》げて頼む。二人が話してくれぬとなれば、矢切先生は賄吟味役のもとへ行かれる」

配下二人に、御広敷台所頭が頭《こうべ》を垂れた。

「賄吟味役か、あんな包丁も持てない者になにができる」

遠坂が鼻で笑った。

「違う、そうではない。話が賄吟味役から御賄頭さまに行くのがまずい」

思わず御広敷台所頭が、言葉遣いを替えた。

「器磨きなどどうでもよかろう」

御賄頭のことを遠坂は馬鹿にした。

「その器磨きがおぬしたちの上役になってもよいのだな」

焦りからか、御広敷台所頭の声が荒くなった。

「どういうことだ」

「………」

台所人二人も興味を示した。

「御広敷台所頭などという御家人に任せるから、医師から苦情が出る。やはり台所は旗本役の御賄頭が差配すべきであると若年寄さまに直訴されてみよ、我らのようにおぬしたちの調理に口出しをせぬ者の手から、台所が離れるぞ」

「むっ」

「それはよろしくございませぬ」

遠坂と井下が難しい表情になった。

「なるほどな。台所人に旗本がいても、御賄頭であれば気兼ねせずともよくなる……か」

御広敷台所頭の危惧《きぐ》を良衛は後押しした。

「器磨きに指図されるなんぞ、御免だ」

「はい」

二人の台所人が顔を見合わせた。

「だが、なぜ知りたがるのかを教えてもらわないと、話せないぞ。我らは上様のお口に入るものを調理しているのだ。なにかあっては困る」

遠坂が良衛を睨んだ。

「他言無用でござるぞ」

「お互いさまだ」

「じつは……」

良衛の念押しに、遠坂が返した。

「お待ちを。わたくしは外しまするゆえ」

聞きたくないと御広敷台所頭が、逃げていった。

「小役人が」

遠坂が吐き捨てた。

「そう言われるな。聞かれずにすんだことを喜ぶべき」

良衛が宥めた。

「違いない。では、聞かせてもらおう」

「じつは……」

促された良衛が語った。

「……そんなことがあるのか」

「知らなかった」

聞き終わった遠坂と井下が唖然《あぜん》とした。

「井下」

「はい」

遠坂と井下がうなずき合った。

「おそらく、我らが申し送りは同じだろう。拙者は先代の魚役から、上様は濃いお味付けがお好みだと聞いた」

「わたくしも同じでございまする。先代より、漬けものの塩気を一倍半にせよと言われました」

「やはり」

二人の話を聞いて良衛は嘆息した。

「その指示をした先代は今どこに」

「もう台所にはおらぬ」

「こちらも隠居したはずでございまする」

二人が首を横に振った。

「失礼だが、お二人は台所人になられて……」

「拙者は五年」

「わたくしは七年でございまする」

良衛の質問に二人が答えた。

「ということは、上様が将軍になられた後で台所人に」

綱吉が四代将軍家綱の後を継いで本丸へ入ったのは延宝《えんぽう》八年（一六八〇）、あれから七年経っている。

「そうなる」

「いかにも」

確かめた良衛に二人はうなずいた。

「となれば、先代に話を訊かねばなりませぬな」

良衛は呟《つぶや》いた。

「それはそうとして、お二方はその申し送りを不思議だとは思われなかったのでござろうや」

料理をする者として、まずいものを将軍へ出す。そのことへの思いはどうなのかと良衛は問うた。

「……不満があるに決まっておろう」

「ございまする」

遠坂と井下が眉間《みけん》にしわを寄せた。

「ではなぜ……」

「上様がそうだと仰せられているのだ。我らがなにを言える」

良衛へ当たるように、遠坂が不満をぶつけた。

旗本、御家人は将軍の意に従う。当然の返答であった。

「遠坂どの、井下どの」

声を潜めて良衛は二人を見た。

「なんだ」

「…………」

旗本の遠坂は良衛を見つめ、御家人の井下は黙って次の言葉を待った。これも身分というもののなしえるものであった。

「お二人が納得いかれていない味に、上様がご不満を口にされぬ理由をおわかりであろうか」

真摯《しんし》な口調で良衛は答えを求めた。

「そんなもの、一つしかない。なあ、井下」

「はい」

自信ありげな遠坂に井下が同意した。

「なんでござろう」

良衛は身を乗り出した。

「その味で過ごしてこられてきたからだろう」

「慣れだと」

「いいや、慣れというより、それしかご存じないと言うべきだな」

もう一度繰り返した良衛に、遠坂が首を横に振った。

「おぬしも経験があるだろう。嫁の実家で出されたものが口に合わないということが。それと同じよ。人は幼きときに覚えた味をうまいと信じる」

「覚えた味……出島《でじま》」

遠坂の説に、良衛は思いあたった。

長崎は南蛮貿易の関係で砂糖が安く手に入るため、味付けが甘い。煮魚でも砂糖を使う。せいぜい醤油と酒だけの江戸で育った良衛には、長崎の味付けは甘すぎた。

しかし、長崎では一流になる引田屋《ひきたや》でも砂糖はふんだんに使われており、これが長崎の味だということを表していた。

「ほう、出島に行ったことがあるのか」

「それは」

台所人の目つきが変わった。

「長崎ではどんな魚を食べた」

「南蛮の野菜を食されましたか」

二人が話を求めて良衛に詰め寄った。

「今は、その話をしている場合ではございませぬ。ご足労に感謝いたす」

あわてて良衛は、二人のもとから脱した。

四

本所、深川が無頼の巣になっているのは、橋一つ渡るだけなのに江戸町奉行所の力が及ばないというところにあった。

もちろん、本所も深川も江戸町奉行の管轄になる。とはいえ、これは一時的なものであり、本来は本所奉行が担当であった。

本所奉行は万治《まんじ》二年（一六五九）に本所、深川の支配として設けられた。上下水路の管理、点検、補修を主たる任としていたが、その治安も預けられていた。というより、正確には拡大し続ける江戸を処理しきれなくなった江戸町奉行が、本所奉行に押しつけたのだ。

しかし、貞享《じょうきょう》四年（一六八七）に奉行職は停止され、現在は名前だけで空席となっている。当然、その治安は江戸町奉行の責任になるが、正式に本所奉行は廃止されておらず、代行のような状況なのだ。江戸町奉行は本所、深川のことまで面倒を見る気などなかった。

そもそも幕府にとって、人別さえ定かでなく、年貢を納めたり、上納金、運上金を支払うわけでもない無頼はどうでもいい、いや、世間に迷惑をかける邪魔者でしかない。

無頼たちが縄張りを争って、殺しあいをしてくれるのはその数を減らすとして、江戸町奉行らは歓迎していた。

「くそったれがあ」

今日も真野の支配をよしとしない無頼が、縄張りを奪おうとして暴れていた。

「馬鹿が……」

真野にしてみれば、勝てるかどうかさえ考えず、とにかくこちらが強いからどうにかなると思って挑んでくる考えなしは、面倒ではあったが苦労しなかった。

「妙にあちこちでもめ事が起こるな」

三人ほどで縄張りにある賭場《とば》を荒らしに来た無頼を片付けた真野が怪訝《けげん》な顔をした。

「どう思う、園部《そのべ》」

右腕とも頼む園部に真野が問うた。

「二人か三人で暴れたところで、どうにもならぬことくらいわかっていると思うのだがの」

園部も首をかしげた。

「今日だけで三カ所だぞ」

真野が嘆息した。

「まだ配下に任せるわけにはいかないというのが地味に辛《つら》いな」

「このていどの連中なら苦でもないがな。たしかに手下たちを信用できぬのがなあ」

園部の言葉に真野もうなずいた。

力があれば縄張りを奪える。

歴史が有り、あるていど世襲や順当な継承をしてきた縄張りならば、こういった状況にはなりにくい。秩序が生まれるため、それを乱す者は事前に排除されてしまうからだ。

しかし、本所、深川はまだ新地であり、世襲や決められた手順での相続が馴染《なじ》んでいない。事実真野も先代の辰屋の親方を殺して、縄張りを受け継いだだけに、他の者が同じことを企んでも文句は言いにくい。

「だがなあ……実力の差が未だにわからないような馬鹿ばかりなのか、本所、深川は」

血まみれの死体を見ながら、真野があきれた。

「…………」

園部は黙った。

「こんな馬鹿をまとめあげていかなければならぬなど、苦行でしかない」

「……いたしかたなかろう。他に人がいないのだ。真野どのにお願いせねば、本所も深川も抗争で血塗られる」

嫌だと天を仰いだ真野を園部が宥めた。

「先生、南蔵院《なんぞういん》近くの空き屋敷の賭場に……」

そこへ若い無頼が駆けこんできた。

「なにっ、またか」

園部が目を剝《む》いた。

「いくらなんでも、こいつはおかしいな」

真野が顔色を変えた。

「急ぐぞ、園部」

「おう」

園部が応じ、二人の浪人が走った。

南蔵院は天台《てんだい》宗の寺院で、境内に業平《なりひら》天神社を擁する。歴史の浅い深川、本所では古刹《こさつ》に入り、住人の崇敬が厚く、人通りも多い。

人が集まれば悪所ができる。南蔵院の側には博打《ばくち》場や遊女屋がいくつも点在していた。その賭場の一つが襲われていた。

「おらおら、金を出せ」

大きな掛け矢を持った巨漢が、賭場の床板を叩《たた》いて脅した。

「あんな浪人の下でなく、この沢松《さわまつ》さんのもとへ来いよ」

巨漢に付いていた若い無頼が、真野の配下たちを誘った。

「この辺りは、もう沢松の親分のものだ。頭を下げるのは今のうちだぞ」

別の無頼が重ねて勧誘した。

「これを見な」

沢松が掛け矢で賭場の床板を打ち破って見せた。

「おわっ」

「なんて力だ」

真野の配下たちに動揺が走った。

「こうなりたい奴は、どいつだ」

掛け矢を振りかぶりながら沢松が、睨みをきかせた。

「梅《うめ》の字、どうする」

真野の配下の一人が隣の仲間を見た。

「馬鹿、止めておけ。ここで寝返ってみろ、真野先生が許さねえぞ。あの人の腕はわかっているだろう」

相談された配下が首を横に振った。

「でもよう、殺されたら元も子もねえぞ」

配下が揺らいでいた。

「大丈夫だ、殺しはしねえよ。殺せば数が減る」

梅の字と呼ばれた配下が囁《ささや》いた。

無頼が縄張りを維持するには、数が不可欠であった。

いかに強い親分でも、縄張りにずっと張りついているわけにはいかないし、縄張りのなかの金蔓《かねづる》も一つではない。支配している賭場、遊郭などを守るには人手が要る。

真野も同じだが、倒した親分の手下を己の配下に組み入れなければ、やっていけないだけに、むやみやたらと殺すことはできなかった。

「いい加減にしろ。いくら温厚な沢松の親分でも、堪忍袋の緒が切れるぞ」

若い無頼が恫喝《どうかつ》した。

「……………」

真野の配下たちは動かなかった。

「思い知らせてやる。一人やってしまえ」

沢松が手下に指示した。

「へい」

「合点だ」

手下たちが匕首《あいくち》を構え直した。

「梅……」

真野の配下が泣きそうな顔をした。

「おめえ、もう、辞めちまえ。田舎へ帰って畑でも耕せ。無理だ」

梅の字がため息を吐いた。

「てめえだ」

手下が梅の字に目を付けた。

「やるか。おめえたちの顔に見覚えがあるぞ。おめえたちも真野先生の強さを知っているだろうが、覚悟はできてるんだろうな」

逆に梅の字が脅し返した。

「うっ」

「……そいつは」

手下たちが怯《ひる》んだ。

「なにをやっている。今、いねえやつを怖がるな」

沢松が怒鳴りつけた。

「そうだ、いねえ奴なんぞ怖くねえ」

手下の一人が気を取り直した。

「いや、いるぞ」

「先生」

駆けこんできた真野に、梅の字が歓声を上げた。

「ちっ、来やがったか。まあいい、この掛け矢の染みにしてやるぜ」

沢松が掛け矢を振りかぶった。

「くらえっ」

掛け矢を真野目がけて沢松が落とした。

「……阿呆《あほう》、当たらなきゃどうということはねえ。これでも喰《く》らえ」

すっとかわした真野が、沢松を蹴《け》り飛ばした。

「げはっ」

まともに腹に受けた沢松が、掛け矢から手を放してうずくまった。

「園部、そっちの二人を任せた」

「おうよ」

さっと園部が太刀を抜いた。

「匕首で勝てると思うなよ」

園部が手下二人に凄《すご》んで見せた。

「うっ」

「まだ来ないんじゃなかったのかよ」

手下二人が顔を見合わせた。

「……やああ」

一歩踏みこんだ園部が気合いを発した。

「ひいっ」

「参った、降参する」

手下二人が匕首を捨てた。

「……さて」

うずくまっている沢松に真野が近づいた。

「誰に頼まれた」

真野が沢松に訊いた。

「……なんのことだ」

沢松が横を向いた。

「ごまかせるわけなかろう。今、そっちの手下が言っただろう、まだ来るはずじゃないとな。誰かと繋がっていなければ、拙者が間に合わないと知っているはずはない」

「要らないことを」

沢松が手下を睨んだ。

「話す気にしてやろう」

真野が太刀を鞘《さや》走らせた。

「殺すなら殺せ。刀が怖くて本所にいられるか」

沢松が嘯《うそぶ》いた。

「誰が殺すと言った。殺しはしない、ただ両手をもらうだけだ。足も一ついただこうか。そうして放り出してやる。さぞや、おめえも恨みを買っているだろう。そういった奴らが、喜んで、おめえの相手をしてくれるさ」

「うっ……」

口の端を吊り上げた真野に、沢松が脂汗を流した。

「言えば、五両くれてやる。それで江戸を売れ。おめえほどの力があれば、どこぞの宿場町くらいは締められるだろう」

真野が沢松に条件を出した。

「どうする……」

「わかった」

太刀を振り上げて迫った真野に、沢松が屈した。

五

台所を出た良衛は、お城坊主に用意していた白扇を渡した。

「これはおいくらに」

初めて良衛から白扇をもらったお城坊主が困惑した。

白扇は家格でおおむねその値段が決まっている。二百俵高の御広敷番医師ならば、一分がよいところだが、そのまま受け取るような者はお城坊主としてやっていけない。

「当家では一朱でござる」

白扇を持って行ったら値切られるかも知れない。

この白扇が今後矢切家が出す心付けの金額を決定するのだ。

はっきりといくらだとの言質を取るまでお城坊主は白扇を懐に仕舞わなかった。

「一分でお引き取りいたす」

良衛が常識とされる金額を口にした。

「お医師は実入りが多いと聞きまするが……」

お城坊主がここぞと交渉に入った。

「町医者でござる。町民相手の医師など、さほどではございませぬ」

良衛は否定した。

「いやいや、矢切先生はお伝の方さまのお気に入りと伺っておりまする。そのようなお方の白扇が一分では、お伝の方さまのお名前にも……」

最後まで言わないのもお城坊主の手管であった。傷が付くと言ってしまえば、お伝の方を誹謗《ひぼう》したと咎めかねられない。将軍寵姫を誹《そし》ったと思われたら、二十俵二人扶持のお城坊主など消し飛んでしまう。

「……むっ」

良衛も詰まった。ここで一分と押し通すこともできるが、後々お伝の方の威光を使うとしたら、いささかまずい。

「金は出さないくせに、威だけは借りる」

城中での評判は確実に悪くなる。

「あてていどの者を娘婿にし、御番医師に推薦するなど、今大路兵部大輔も知れている」

良衛の悪評は確実に今大路兵部大輔へと波及する。蹴落《け》とし合いをしているもう一人の典薬頭半井出雲守《てんやくのかみなからいいずものかみ》は喜んで言いふらすのはまちがいなかった。

「では二分で」

ため息とともに良衛は譲歩した。

「かたじけなく」

お城坊主が白扇を受け取った。

「で、御用は」

交渉に勝利したえびす顔でお城坊主が用件を問うた。

「柳沢《やなぎさわ》さまとお話をいたしたい」

「……柳沢さまと」

お城坊主がしまったという顔をした。

大老堀田筑前守《ほったちくぜんのかみ》に代わる寵臣と目されている柳沢吉保《よしやす》との接点を求める者は多い。だからといってそのすべてに柳沢吉保が応じるわけも、暇もない。どうしても柳沢吉保と会って、頼みごとをしたい者は、お城坊主を懐柔してうまく話を持ちかけてもらいたいと考える。となればお城坊主への依頼が増え、応じて心付けも高くなっていく。一種の需要と供給であった。

「二分ではお受けしないのでございますが……白扇の金額を倍にしてもらった引け目もございまする。今回だけはこれでいたしまする。ですが、かならず柳沢さまが応じられるとは限りませぬ。どころか、ほとんどお相手になさいません。それでもよろしゅうございますか」

失敗しても白扇は返さないぞとお城坊主が念を押した。

「結構でござる」

許可なくして御座の間に近づくことができない御番医師としては、他に方法がない。良衛は認めた。

「では……」

お城坊主が面倒だとあからさまにわかる態度で離れていった。

御座の間にはお城坊主といえども、目見え以下なので入れない。

「お願いを」

お城坊主は御座の間前の廊下で控えている小納戸《こなんど》に柳沢吉保への取次を頼んだ。

「またか……」

小納戸が嫌がった。

「御広敷番医師矢切良衛さまでございまする」

呼びだしの名前をお城坊主が告げた。

「お伝の方さまの侍医か。しばし、待て」

小納戸が柳沢吉保を呼びに行った。

「……矢切だそうだな」

普段、滅多に呼びだしに応じない柳沢吉保がすぐに出てきた。

「……えっ」

てっきり断られるだろうと思っていたお城坊主が唖然とした。

「ふん」

鼻先でその様子を笑った柳沢吉保が、呼びだしを手伝った小納戸とお城坊主を見た。

「ここで申しておこう。矢切の用は、なにをさておいても余に伝えよ。万一、遅らせたり、邪魔をしたときは容赦せぬ」

「は、はい」

「し、承知いたしましてございまする」

お城坊主と小納戸が姿勢を正した。

「で、矢切はどこだ」

「こちらへ……」

問われたお城坊主が慌てて案内した。

「柳沢さま」

「なんだ」

歩きながら声をかけたお城坊主に柳沢吉保が応じた。

「矢切先生になにがございますので」

なぜ良衛を特別扱いするのかとお城坊主が尋ねた。

お城坊主は、心付けをもらって所用を果たすだけでなく、城中の出来事や噂を欲しがる人物に売って金を稼いでいる。寵臣柳沢吉保が気にかける御広敷番医師のことを知りたがるのは無理はなかった。

「お伝の方さまの医師だからだ。お伝の方さまにかかわりあることはすべて上様にお報せせねばなるまいが」

柳沢吉保がお伝の方を理由とした。

「仰せの通りでございました」

お城坊主がすんなりと納得した。

「…………」

ふたたび案内のために前を向いたお城坊主へ柳沢吉保が嘲笑《ちょうしょう》を浮かべた。

「こちらでございまする」

寵臣があまり遠くへ離れるわけにはいかない。御座の間詰めの者との話は、若年寄が詰める下の御用部屋前の畳廊下の隅が慣例であった。ただし、呼び出した相手によっては話が変わる。台所役人から将軍の食事に使う食材の相談などのときには御広敷台所まで出向かなければならない。将軍の日常の所用を担当する小納戸の範囲は広い。

もっとも今回は御広敷番医師溜《だまり》でできるような話ではない。良衛もお城坊主と別れた後、下の御用部屋前まで来ていた。

着ているものが違うとはいえ、お城坊主と同じ禿頭《とくとう》の良衛は、周囲の注目を浴びず、柳沢吉保を待っていた。

「うむ。ご苦労であった」

良衛の姿を見た柳沢吉保が手を振ってお城坊主を遠ざけた。

「お呼び立てをいたしまして、申しわけございませぬ」

近づいてきた柳沢吉保に良衛は深く腰を折った。

「かまわぬ。お城坊主と御座の間前の小納戸にも話は通してある。次からはお城坊主は使うな」

柳沢吉保がちらと後ろへ目をやった。

「やっぱりの」

「即《つ》かず離れずというところでございますな」

良衛も柳沢吉保の呟きの意味を理解していた。

案内を終えたお城坊主が、話が聞こえるか聞こえないか、ぎりぎりのところで端座していた。お城坊主は仕事を受けるまで、廊下で待機している場合が多く、そこにいても不思議ではなかった。

「さすがは坊主。余の言動に欺《だま》されはしなかったか」

「欺す……」

首をかしげた良衛に、柳沢吉保が苦笑いを見せた。

2
2018

発見！角川文庫

ハッケンくん

発見！角川文庫

最新刊

毎月25日の発売です。

都合により定価が変更される場合があります。ご了承下さい。(平成30年2月現在の定価)

映画化！ 価値観をくつがえす、衝撃ミステリ！

ラプラスの魔女

東野圭吾

定価(本体760円＋税)

遠く離れた2つの温泉地で起きた中毒事故。検証に赴いた地球化学の研究者・青江は、双方の現場で謎の女を目撃する――。

鬼談

京極夏彦

失せろ。この人でなしの鬼め――。〝生と死〟〝人と鬼〟の狭間を描く、京極小説の神髄。

定価(本体560円＋税)

うちのご近所さん

群ようこ

発行 株式会社KADOKAWA

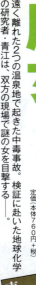

「何用で御広敷番医師が小納戸頭を呼び出すのかと訊くからの、お伝の方さまのご状況についての報告だと答えておいたのだ。そのときはうなずいていたが……まあ、そう簡単に欺かれるようでは、この伏魔殿でもある城中で生き残ってなどいけまいがの」

「…………」

良衛はなにも言えなかった。

「まあいい。で、聞かれてはまずい話か」

「はい」

確認した柳沢吉保に良衛は首肯した。

「わかった。付いてこい」

柳沢吉保が、歩き出した。

「えっ……」

動き出した柳沢吉保と良衛に、様子を窺っていたお城坊主が慌てた。だが、その後を追うわけにはいかない。追えば、柳沢吉保に目を付けられる。

「やむを得ぬの。まあいい、柳沢吉保さまが他人には聞かせられぬ話を御広敷番医師としていた。これだけでもなんとか金にできよう」

気持ちを切り替えたお城坊主が、腰をあげた。

「矢切医師は今大路兵部大輔さまの娘婿……ならば、この話、半井出雲守さまならばお買い上げくださろう。一両、いや二両は欲しい」

お城坊主が胸算用をした。


下の御用部屋から廊下を二つ曲がったところで、柳沢吉保が足を止めた。

「さて、ここならば大丈夫だろう」

柳沢吉保が振り返って、後に続いていた良衛と向かい合った。

「では、ご報告を……」

良衛が昨日奥医師最上実斎《もがみじっさい》が来たことを含めて、柳沢吉保に語った。

「……むうう。上様のお食事にみょうな申し送り」

柳沢吉保がうなった。

「お目付《めつけ》にお願いして、前の台所人を」

目付と言ったのは、台所人には旗本もおり、御家人を監察する徒目付《かち》では相手にされないかも知れないと良衛が考えたからであった。

「ならぬ。上様に幕府のなかで叛意《はんい》を抱いている者がおるなど表沙汰《おもてざた》にできるか」

寵臣にとって主君は絶対である。柳沢吉保が良衛の提案を拒んだ。

「しかし、そうなりますするとこれ以上は……」

「そなたがいたせ」

逃げようとした良衛を柳沢吉保が制した。

「医師ならば、食事に口を挟んでも不思議ではあるまい」

「とんでもないことを仰せになられる。台所人たちは矜持《きょうじ》が高く、とても愚昧《ぐまい》ごときの意見など」

遠坂の態度を思い出して、良衛は無理だと手を振った。

「……台所人か。たしかに面倒な相手だ」

柳沢吉保も同意した。

「今宵《こよい》、上様は雉《きじ》の味噌《みそ》焼きをお召しあがりになりたいとのお言葉である」

「あまりよい雉がございませぬ。代わって鱸《すずき》の味噌焼きにいたしたく」

将軍の希望でも台所人は引き受けない。綱吉の命はかならず果たされなければならないと考えている柳沢吉保にとって、台所人は始末に負えない相手であった。

「それにわたくしは御広敷番医師でございまする。上様にかかわることは奥医師方の任、そちらに……」

「本気で申しておるのか」

担当が違うと言いかけた良衛を、柳沢吉保が冷たい目で見た。

「お身体に異常があるとわかっていながら、ずっと見過ごしてきた奥医師どもぞ。そのような輩《やから》にこれ以上上様のお命を預けられるわけなかろうが」

「……………」

将軍大事の柳沢吉保に筋論は通じない。柳沢吉保の怒りを受けた良衛は己の迂闊《うかつ》さを呪うしかなかった。

「上様にそなたが拒んだとお報せするぞ」

「……わかりましてございまする」

良衛は折れた。

将軍を怒らせれば、矢切家が絶える。良衛は切腹、息子一弥《いちや》も無事ではすまなくなる。他の御番医師との違いはここにあった。医術で召し出された御番医師、奥医師は罷免されたところで、もとの医師に戻るだけだが、御家人の出である良衛は武士としての咎《とが》めを受けることになり、家ごと潰される。

良衛と妻、息子一人ならば町医者としても十分やっていける。良衛にもそれだけの自信はある。しかし、家は先祖が戦場で命を懸けて得た禄《ろく》を受け継ぐ者で、波風を立てなければ、子々孫々まで続く。医者にならない子孫が出てきても、禄さえあれば生きていけるのだ。

良衛のいつ辞めてもいいとの覚悟は、御番医師という役目に対してであり、矢切家の当主としての覚悟とは大きく違っていた。

「最初から、そう言え」

柳沢吉保が良衛を叱った。

「ことを無事に収めたら、奥医師にしてくれる」

褒美なしではやる気がでないだろうと柳沢吉保が良衛の前に餌をぶら下げた。

「かたじけなき仰せ」

奥医師になりたいなどと欠片《かけら》も思っていないが、断るわけにはいかなかった。断れば、柳沢吉保の疑念を招く。医師といえども役人、そして役人で出世したくない者などいない。それが幕府なのだ。欲のない者は他になにか目的があると勘ぐられる。

良衛は柳沢吉保の顔を見ないですむよう、深々と頭を垂れた。

第五章　無理難題

一

仏の鬼作《きさく》は、配下を連れて本所《ほんじょ》の宿を後にした。

「真野《まの》は縄張りの火消しで手が回らねえ。その間に真田《さなだ》の旦那《だんな》の頼みを片付けるぞ」

長脇差を手にした仏の鬼作が一同を見回した。

「用意はできているだろうな。草鞋《わらじ》を履き忘れてるという馬鹿がいたら、承知しねえぞ」

「兄い、そんな間抜けは白河《しらかわ》を出る前に死んでやすよ」

配下が仏の鬼作の念押しに手を振った。

「違《ちげ》えねえ」

別の配下が笑った。

百姓一揆を怖れた幕府は、町人が刀を持つことを禁じていた。ただ、道中の場合だけ山賊から身を守るとして脇差の帯刀を特例として認めている。本所や深川《ふかがわ》では、まず見咎《みとが》められることはないが、町奉行所の役人と偶然行き会ったりしたとき、長脇差を持っていては咎められてしまう。

「旅の途中でござんす」

草鞋を履いていると、こう言いわけができる。無頼に草鞋履きが多いのは、刃物を手にするためであった。

「飢饉《ききん》で喰《く》えねえ郷《くに》を捨てて江戸《えど》へ出てきたんだ。飢えて死んでいく連中を嫌と言うほど見た。もう、帰るところはねえ。侍に奪われるだけの百姓なんぞ、糞《くそ》喰らえ。今度はこっちが他人を喰らって生きて行く」

「おう」

「そうだ」

仏の鬼作の檄《げき》に五人の手下が唱和した。

「神もいねえ、仏もいねえ。信じるのは己と五人の仲間だけだ」

さらに仏の鬼作が声をあげた。

「今日も生きるぞ」

最後にそう言って、仏の鬼作が良衛《りょうえい》の屋敷へと向かった。


真野は締めあげた沢松《さわまつ》の口から出た船宿へと足を運んでいた。

「お出《い》でなさいませ。初めてでございますか」

知っていながら素知らぬ顔で、主《あるじ》が真野と園部《そのべ》を迎えた。

「おう、ちいと酒を飲ませてもらおうと思ってな。かまわねえか」

「もちろんでございます。どうぞ、お二階へ」

真野の求めに主が応じた。

船宿の二階は、川筋を見下ろせるように大きな窓障子を設けている。そこに真野は腰掛けた。

「いい眺めだ。こんな船宿がここらにあるなんぞ、知らなかったぜ」

「どうぞ、これからもご贔屓《ひいき》に」

真野の称賛に、主が頭《こうべ》を垂れた。

「お酒と肴《さかな》は……」

「任せるぜ。二人だからな、あまりたくさんは要らねえ」

真野が懐から小判を出した。

「これで足りる範囲で頼む」

「こんなに……店中の酒を飲み干されるおつもりでございますか」

一両は大金である。主が驚いて見せた。

「あまりは取っておくがいい」

「ありがとう存じまする」

鷹揚《おうよう》に告げた真野に主がていねいに頭を下げた。

「女はいかがいたしましょう」

「……そうよなあ。女もいいが、今日は男だけで静かに呑《の》みたい気分だから、要らねえな」

「承知いたしました。では、ただちに用意を」

真野の答えを聞いた主が急いで出ていった。

「人の悪いことだ」

やりとりを黙って見ていた園部があきれた。

「嘘は言っちゃいねえぞ。主も男だろう」

真野がにやりと笑った。

「たしかにな」

園部が苦笑した。

「お待たせをいたしましてございまする」

心付けをもらった以上、番頭や船宿の男衆に任せるわけにはいかない。主が自ら膳《ぜん》を運んできた。

「おう、こいつはうまそうだ。焼き浸しかい」

膳の上に置かれた肴に真野が歓声を上げた。

「さようでございまする。鰯《いわし》を焼いて酒醤醢に漬けこみました。骨ごとお召しあがりになれまする」

主が説明した。

「もらおうか、園部」

「おう」

真野と園部が箸《はし》を出した。

「うまいな」

「これはいける」

満足そうに二人が顔を見合わせた。

「主、気に入った。贔屓にするぜ」

「ありがとうございまする」

褒められた主が頭を垂れた。

「ところで、店主」

「はい」

呼びかけられた主が、真野を見た。

「沢松という男を知っているだろう」

「……沢松さま」

訊《き》かれた店主が首をかしげた。

「ああ、沢松から訊いて来たんだ。訊いてな」

真野が訊いてに力を入れた。

「申しわけございませんが、思いあたるお方がおられません」

本所で船宿をやろうかという男である。動揺は見せなかった。

「だそうだ、園部」

「残念だな。いい酒を出す店が見つかったと思ったものを」

真野に言われた園部が嘆息した。

「主、一つ覚えておくがいい」

園部が置いていた太刀を拾うと主の後ろへ素早く回った。

「な、なんでございましょう」

逃げ道を防がれた主が揺らいだ。

「無頼に証拠なんぞ要らねえということだ。怪しいと思っただけで十分なんだよ」

口の端をつりあげて、真野が告げた。

「いいか、真野どの」

園部が許可を求めた。

「ああ。いいぞ」

「ぬん」

太刀を抜き放った園部が、襖《ふすま》を貫いた。

「……ぎゃああ」

襖の向こうで絶叫が響いた。

「外したな」

致命傷ではないと真野が首を横に振った。

「気配だけで、心の臓を貫ける真野どのがおかしいのだぞ」

太刀を引き戻しながら、園部がため息を吐いた。

「な、な、な……」

主が淡々と言い合いを交わす真野と園部に震えた。

「おめえが沢松を雇ったんじゃないとわかっている。なにせ本人がしゃべったからな」

真野がゆっくりと腰をあげた。

「ひっ」

主が腰を抜かした。

「ちなみに沢松は生きているぞ。今じゃ、うちの縄張りで働いてくれている」

「えっ……」

殺していないと言った真野に主が驚いた。

「敵対したからといって殺していたんじゃ、本所深川は人手不足になるだろう。一度は許すことにしている。なにより、沢松は裏切ったわけじゃねえ。単にこちらの強さを知らなかっただけだ。だったら力関係を教えればすむ」

真野が太刀の柄《つか》に手をかけた。

「な、なにを……」

主が怯《おび》えた。

「せっかく見つけたいい店だ。通いたいじゃねえか」

「…………」

降伏勧告に主は黙った。

「義理堅いのは、好きだがな。命をかけての義理は馬鹿だぞ。もと侍だったからよくわかる。こちらが義理を通しても、上が守ってくれるとは限らない。いくつもの大名が、幕府に忠節を尽くしながら潰《つぶ》され、どれだけの浪人が生みだされたか」

すっと真野が腰を落とした。

「これが最後だ。誰に頼まれた」

真野が殺気を口調に乗せた。

「……真田さまで」

主が肩を落とした。

二

良衛の屋敷に着いた仏の鬼作が、一度全員を止めた。

「あの屋敷でまちがいないな」

見張りに行っていた手下に仏の鬼作が念を押した。

「へい。このあたりの貧乏御家人屋敷で門が開き、玄関があるなんて、あそこだけで」

手下がうなずいた。

「よし、坊主医者の屋敷には二人しかいねえ。坊主医者と年寄り一人だ。坊主医者は相当剣術を遣うらしいが、四人で囲めばそうそう負けはしねえだろう。その間に一蔵《いちぞう》と奈吉《なきち》が爺《じじい》をやっちまえ。それから六人で一気に医者坊主を仕留める。いいな」

「へい」

「わかりやした」

仏の鬼作の言葉に手下たちが首を縦に振った。

「いかに真野たちの手を塞《ふさ》いだとはいえ、あまり手間取るなよ」

「さすがは名主《なぬし》の息子さんだ、学がある。おいらたちのように字も読めないのとは違う。兄いのおかげで外を気にしなくていい」

手下が褒めた。

「おうよ、兄いに付いてきたからこそ、おいらたちは無事に江戸まで来られたんだ」

別の手下も同意した。

「ふん、飢饉で年貢が払えず、村ごと逃散したところの名主、その息子だったなんぞ、自慢にもならねえ」

仏の鬼作が鼻を鳴らした。

「よし、神に会えば神を殺し、仏に会えば仏を殺す。どうせ死んだら地獄行きだ。生きている間は極楽な想いをしようじゃねえか。あの医者坊主を殺せば十両だぞ」

しんみりしかけた雰囲気を振り払うように、仏の鬼作が大声で鼓舞した。

「おおっ」

「腹一杯白飯が食える」

金額を聞いた配下たちが盛りあがった。

「やっちまえ」

仏の鬼作が手を振り上げた。

本日の診療を終えて、医学書を紐解《ひもと》いていた良衛は外の騒ぎに耳をそばだてた。

「急患か」

怪我人を運んでくるときも騒動になる。良衛はいつものことだと医学書を閉じて、三造《さんぞう》の報告を待った。

「……なにをする」

三造の焦った声が聞こえた。

「違うぞ」

良衛は緊張した。

御広敷番医師は旗本になる。武士と同じ扱いを受けるが、両刀を差している者はほとんどいない。せいぜい脇差を持ち、士分だというのをあきらかにするていどである。

良衛は御家人の出で、両刀を差すことになれているが、さすがに屋敷に帰ってきたら外す。医者として患者に威圧を与えるのを避けるため、脇差さえも身につけておらず、両刀は居室の刀掛けに置かれていた。

「取りに行く間はなさそうだ」

良衛は刀をあきらめ、代わりに南蛮《なんばん》外科医術で使う尖刀《せんとう》をあるだけ手にした。もともと良衛は襟元に尖刀を縫いこんで隠し武器として使っている。尖刀を扱うのには慣れていた。

「若先生、お気を付けくださいませ」

三造の叫びに続いて、足音がした。

「ここにいやがった」

障子を蹴倒《けたお》した仏の鬼作が、良衛を見つけて笑った。

「なにやつだ」

良衛は一応誰何《すいか》した。

「やるぞ」

仏の鬼作は問いに応《こた》えず、四人で良衛を三方から囲んだ。

「問答無用……か」

良衛が目つきを厳しくした。

「一蔵と奈吉が来るまで手出しするなよ」

「わかってまさあ」

「……へい」

仏の鬼作と手下たちがうなずきあった。

「二人で三造を倒すつもりでいるとは畏《おそ》れ入る」

良衛が笑った。

「挑発に乗るなよ」

長脇差を突き出すようにしながら、仏の鬼作が釘《くぎ》を刺した。

「待っているのも一興だが……」

良衛が右手に握りこんでいた尖刀を投げた。


寝ていた卯吉《うきち》が音で目覚めた。

「来た……うっ」

最上実斎《もがみじっさい》が良衛を襲うのではないかと考えていた卯吉は傷口の痛むのも無視して飛び起きた。

「先生をやらせてたまるか」

卯吉が廊下を走った。

「いやがった」

さすがに良衛の屋敷に匕首《あいくち》などは持ちこんでいない。卯吉は前方の良衛に集中して、無防備な背中を晒《さら》している手下に狙いを付けた。

「うわっ」

良衛が投げた尖刀を顔に喰らった手下が後ろへのけぞった。

「豊助《とよすけ》」

仏の鬼作が奇襲に絶句した。

「痛《いて》え、痛え」

顔に刺さったところで、命に別状はない。豊助が刺さった尖刀を抜いて捨てた。

「大丈夫か」

「このていど……」

訊いた仏の鬼作に豊助が返した。

「ほう、無頼とは思えぬ」

わざと喉《のど》ではなく顔を狙った良衛が感心した。金で人殺しを請け負う無頼は、肚《はら》が据わっていないことが多い。相手を殺して、己は生き残り褒賞でいい思いをしたいと考えているからだ。そういった連中は、敵《かな》わないとわかった途端に、尾を巻いて逃げ出すのがほとんどである。いくら命を狙われたからといって医者として、相手を殺すのはできるだけ避けたい。

しかし、良衛の気遣いは生き死にの覚悟をすませた仏の鬼作たちの前に無駄となった。

「このやろう、よくも豊助を」

別の手下が長脇差を振り上げようとした。

「待て、幸左《こうざ》。一蔵と奈吉がもうすぐ来る」

「……へい」

止められた幸左が前に踏み出したぶん下がろうとした。そこへ卯吉が突っこんだ。

「うわっ」

背後から突き飛ばされた幸左が、つんのめって転んだ。

「なんだ」

仏の鬼作もおたついた。

「……卯吉」

良衛は幸左の上に重なって倒れているのが卯吉だとすぐに気付いた。

「無茶を」

このままでは卯吉が仏の鬼作たちの攻撃を受ける。預かっている患者を死なせるわけにはいかない。

良衛は攻勢に出るしかなくなった。

「しゃっ」

もう一本の尖刀を唖然《あぜん》としている右手の手下に投げつけ、続けて襟元に忍ばせてある最後の尖刀を今度は豊助の喉へと撃った。

「ぐへっ」

「……………」

喉を真正面から貫かれた二人が呻《うめ》いて崩れた。気道を裂かれては息が吸えなくなる。即死はしないが、二人はもう立ち上がれなくなった。

「どうした、なんだ」

たちまち三人が地に伏した。一人立っている仏の鬼作が状況を飲みこめず、うろたえた。

「卯吉どの、そのまま右横、いや左へ転がられよ」

己から見て右が空いている。思わず己の立ち位置からものを言った良衛は、卯吉にとって逆になると気づいて訂正した。

「ううっ」

しかし、衝撃で傷口が開いたのか、卯吉は呻くだけで動けなかった。

「この、やろうが」

その間に下敷きになっていた幸左が卯吉を払いのけ、逆に馬乗りになった。

「くたばれ」

手にしていた長脇差を卯吉の胸へと突き立てようとした。

「あっ」

良衛が届かないとわかりながら手を伸ばしたのと同時に仏の鬼作が幸左を制した。

「待ちな、幸左」

「なんだよ、兄い」

やり返せる機会を止められた幸左が不満げな顔をした。

「そいつを殺さず、人質に使うんだよ。そうすれば、この医者坊主は逆らえめえ」

「なるほど、さすがは兄いだ」

仏の鬼作の説明に、幸左が手を打った。

「くっ」

まさにその通りであった。患者として預かった以上、良衛は卯吉を守る義務があった。

「さて、医者坊主、随分と酷《ひど》いまねをしてくれたな。おかげで奥州《おうしゅう》から江戸へ出て、本所を住み処《か》にするまで苦労を共にした二人が死んでしまった」

憤怒《ふんぬ》の表情で仏の鬼作が長脇差を良衛に突きつけた。

「その恨みを、今、晴らしてやる。じっとしてろよ。少しでも動けば、こいつは死ぬぞ」

卯吉へちらと目をやって、仏の鬼作が勝ち誇った。

「せ、先生。あっしに構わず……」

痛みに耐えながら、卯吉が首を振った。

「健気《けなげ》だなあ。ええ、これを見捨てることはできねえよなあ」

仏の鬼作が笑いながら長脇差を振り上げた。

「………」

良衛は身構えもせず、棒立ちしていた。

「いい心がけだ。一撃で首を落としてやる」

足を止め、腰を据えた仏の鬼作が宣言した。

「なあ、おかしいとは思わないのか」

感情の籠《こ》もらない声で良衛が仏の鬼作に話しかけた。

「この期に及んで命乞《ご》いか。無駄なまねを」

仏の鬼作が嘲笑《ちょうしょう》した。

「いや、あとの二人が遅くはないかと言っているのだ」

「……あとの二人」

もう一度良衛に訊かれて仏の鬼作が思い出した。

「爺一人に、手間がかかりすぎている」

仏の鬼作が止まった。

「まさか……」

「遠慮は要らぬぞ、三造」

良衛が叫んだ。

「しまった……」

仏の鬼作が思わず釣られて後ろを振り向いた。

「…………」

思い通りの反応に、良衛は動いた。仏の鬼作が良衛を殺そうとして近づいたおかげで、たった一歩で手が届く。

「やっ」

右手の拳《こぶし》で良衛は仏の鬼作の右脇腹を痛打した。

「がはっ……」

人体の急所である肝臓に強い衝撃を受けた仏の鬼作が気を失った。

「あ、兄い」

幸左が仏の鬼作へと手を伸ばした。

「重いんだよ、てめえ」

重心がずれたことで、卯吉が幸左を突き飛ばせた。

「おわっ」

体勢を崩された幸左が、転がった。

「やろうっ……」

あわてて幸左が起きあがろうとしたが、その目の前に仏の鬼作が落とした長脇差を手にした良衛が立ち塞がった。

「あっ」

目の前に切っ先を模された幸左が固まった。

「若先生、遅くなりました」

三造が駆けこんできた。

「卯吉さん、なんでここへ」

部屋のなかを見た三造が驚いた。

「加勢してくれたのだ」

「それは、ありがとうございました」

良衛の言葉に、三造が深く頭を下げた。

「とんでもねえ、かえって先生の足を引っ張ってしまった」

卯吉が寝たままで申しわけなさそうな顔をした。

「それより、傷口が開いたのだろう。もう一度縫わねばならぬが……」

仏の鬼作と幸左を見た良衛が困惑した。このまま放置しておけば、また面倒を起こすのは目に見えている。かといって抵抗をしない者の命を奪うのは、気が進まない。

「縛り付けるにしても……」

幸左を縛っている間に仏の鬼作が気を取り戻せば暴れる。かといって良衛が幸左を長脇差で押さえている間に、三造が仏の鬼作を縛るとしても途中で目覚めれば、抵抗する。そうなれば三造では押さえ切れないかも知れない。

「……大丈夫か」

悩んでいるところへ、足音も高く真野と園部が駆けつけてきた。

「真野どの」

良衛は驚いた。

「本所でおかしなまねをしている連中を締めたら、矢切《やきり》先生を襲うという裏を知ったので、急いで来たのだが、遅れたようだ」

「いや、卯吉どののおかげで……」

良衛が経緯を語った。

「そうか。卯吉、よくした」

まだ横たわっている卯吉を真野が褒めた。

「それよりも、卯吉どのの治療を」

「頼む。こいつらのことならば、拙者にお任せいただきたい」

慌てた良衛に、真野がうなずいた。

「玄関にも二名……一応当て落としてはございますが」

三造が思い出した。

「あやつらか。おそらく敵だろうと思ったが、万一味方であったときは困ると、そのままにしてきたぞ。そうか、敵か」

真野が口の端を吊《つ》り上げた。

「……卯吉どのの治療だ。出血が多くなるやも知れぬゆえ、この場でおこなう」

襲撃者たちが真野にどのような目に遭わされるかなど良衛にはわかっている。だが命乞いをしてやる気はなかった。

「焼酎《しょうちゅう》」

「はい」

「灯《あか》りを」

「ここでよろしゅうございますか」

良衛の指示に三造が的確に応じた。

「園部、こいつらを運びだそう」

「途中で目覚めれば面倒だな」

真野に言われた園部が危惧《きぐ》をした。

「一応、船宿の主とのつじつま合わせをするが、いずれ殺すのだ。二度と目覚めなくてもいいだろう」

酷薄な口調で真野が腕を振り上げた。

「な、なにを……」

一人意識を保っていた幸左が怯えた。

「夢を見させてやるんだ。もし、死んだら文句は閻魔《えんま》さまに言え」

真野が幸左の首筋を手刀で打った。

「かっ」

口を開けて息を漏らし、幸左が気絶した。

「こっちもだ」

園部がまだ気を失っている仏の鬼作の後頭部を叩いた。

「ここは任せろ。おぬしは玄関の二人を頼む。終わったら人手を連れてきてくれ」

「承知」

真野の指示に、園部がうなずいた。

三

園部が出ていった後、真野は良衛たちの手伝いをしていた。

「まず、焼酎で手を洗ってくれ。それが終わったらそのまま濡《ぬ》れた手でそこの糸をこちらへ」

「おう」

良衛の指示通りに真野が動いた。

「……なんとかなりそうか」

ふたたび開いた傷から、赤黒い肉が見えている。真野が不安そうな顔で訊いた。

「意地でも助けてみせる。命の恩人を死なせて医者と言えるか」

良衛は険しい表情で、己に言い聞かせるように宣言した。

「…………」

卯吉は体力を使い果たし、縫われているのにも反応しない。

「晒し……焼酎」

半刻《とき》（約一時間）少しで処置は終わった。

「三造、火鉢をここへ。夜具もだ」

「へい」

急いで三造が台所へ向かった。

「運ばないのか」

卯吉をここで寝かせようとしていると理解した真野が問うた。

「動かしては血が流れる。これ以上血を失うと助からぬ。体温が下がらないように温めながら、水を一夜与え続ける。今夜一晩をこえれば……」

良衛が予後を語った。

「……そうかい」

真野の声が低くなった。

「泊まるぜ」

「構わぬ」

一晩卯吉に付きそうと告げた真野に良衛はうなずいた。

「先生」

「大事ございせんか」

真野の配下たちが園部に連れられてきた。

「騒がしいぞ。静かにしろ。卯吉が起きてしまうだろうが」

真野が叱りつけた。

「悪いな、園部。そいつらをいつものところへ運んでおいてくれ。一晩、卯吉に付きそう」

「承知した。尋問もせずに待っている。死体は大川《おおかわ》でいいな」

了承した園部が確認した。

「ああ」

真野が首を縦に振った。

「行くぞ」

園部たちが配下を伴って出ていった。

「……矢切先生」

その様子を見送ってから、真野が良衛を見た。

「なにかの」

卯吉の脈を取りながら、良衛は応じた。

「ひょっとしたら、迷惑がかかるかも知れねえ。あらかじめ詫《わ》びておく」

真野が頭を下げた。

「迷惑……なんのことでござる」

良衛が真野に向き直った。

「今回のこと、裏で糸を引いていたやろうがいる。そいつを許すわけにはいかねえ」

「誰だ、そやつは」

真野の言葉に、良衛もいきりたった。

「先生は知らないほうがいい。闇に近づくのと、闇に染まるのは意味が違う」

良衛の求めを真野が拒んだ。

「安心してくれ、決して矢切先生の名前は出ない」

真野が保証した。

「……わかった。こっちとしても、命を狙われたのだ。相手を許す気はない」

良衛は真野の言いぶんを認めた。


一夜を徹しての看護も有り、卯吉は生き延びた。

「恩がまた増えた」

「今回のは勘定に入れてくれるな。卯吉どのに借りができたのはこちらだ」

礼を言う真野に良衛は手を振った。

「愚昧《ぐまい》は登城せねばならぬ。できれば、下城するまで側に付いていてやってくれぬか」

「そうしよう」

真野に卯吉の面倒を頼んだ良衛は、屋敷を出た。

御広敷番医師溜《おひろしきばんいしだまり》に入った良衛は引き継ぎも受けず、お伝《でん》の方のもとへと急いだ。

「寵愛《ちょうあい》をよいことに、なんだあれは」

その態度に一部の御広敷番医師から非難が出たが、良衛にはどうでもよいことになっていた。

「……参れ」

館《やかた》に入ってきた良衛の顔色を見た瞬間、お伝の方の雰囲気が変わった。

「津島《つしま》、そなただけ残れ。他の者は三の間まで下がれ」

普段次の間に控えさせる奥女中たちを、お伝の方はそのもう一つ向こうへと追いやった。

「それは……」

「二度は言わぬ」

反論しようとした奥女中をお伝の方が封じた。

「……………」

蒼白《そうはく》になった奥女中たちが、裾《すそ》を引きずりながら三の間へと引いた。

「言わずともわかっておろうが、今日のこと、どのような形であろうとも漏らした者は許さぬ。実家ごと潰してくれるぞ」

さらにお伝の方が脅しをかけた。

「ひっ」

「……………」

奥女中たちが身を寄せ合って、その威圧に震えた。

「よかろう、話せ」

十分だと判断したお伝の方が、良衛を促した。

「……台所人から聞きましてございまする」

良衛は隠さずに語った。

「申し送りだと……となれば神田館《かんだやかた》のころからそうだったとなるぞ」

お伝の方が驚愕《きょうがく》した。

神田館に出仕したことで綱吉の目に留まったお伝の方にとって、思い出の場所が原因だと報《しら》されたようなものであった。

「わかりませぬ。それは先代の台所人に問いたださねばなりませぬ」

確定ではないと良衛はお伝の方を宥《なだ》めた。

「ただちにその者を捕まえ、厳しく詮議《せんぎ》いたせ」

お伝の方が怒りを露《あら》わにした。

「ならぬそうでございまする」

「なにっ」

できないと告げた良衛をお伝の方が睨《にら》みつけた。

「小納戸頭《こなんど》の柳沢吉保《やなぎさわよしやす》さまから、上様のご威光にかかわるゆえ、密《ひそ》かにいたせと厳命されましてございまする」

「柳沢か……」

お伝の方が何とも言えない顔をした。

「いたしかたないの。あの者ならば、悪いようにはせぬだろう」

「ですが、お方さま」

納得したお伝の方に、良衛は窮状を訴えることにした。

「わたくしにそれをいたせとの仰せでございました。わたくしは医師でございまする。探索方の経験などございませぬ。なんとかお方さまからお取りなしを願えませぬか」

良衛はお伝の方の力で柳沢吉保を抑えてもらおうと考えた。

「ふむ、そなたに台所人の調べを……」

お伝の方が思案に入った。

「柳沢もよいことを思いつく。たしかにこれ以上知る者を増やすのはよろしくない」

「……………」

柳沢吉保と同じ考えに至ったお伝の方に、良衛は言葉を失った。

「無茶でございまする」

「やってみて無理であったら、取りなしてくれる。とにかくしてのけよ」

泣きつくような良衛をお伝の方はなだめすかした。

「津島」

落ちこんでいる良衛から腹心へとお伝の方が目を移した。

「なんでございましょうや」

津島が両手を突いた。

「金をつごうしや」

「いかほど」

「五十金もあればよかろう」

「ただちに」

主の命に津島がうなずいた。

大奥にも金は用意されていた。衣装を手に入れるにも、食材を買うにも金は要った。大奥一の寵姫《ちょうき》、お伝の方のもとには、大奥出入りという看板を欲しがる商家や、綱吉への取りなしを願う大名や旗本からいろいろな名目で金が贈られている。館の最奥、化粧の間にそれらの金は保管されており、状況に応じて使用されていた。

「お方さま、お待たせをいたしましてございまする」

化粧の間から戻って来た津島が、金包みを二つ袱紗《ふくさ》の上に置いて差し出した。

「矢切、これをつかわす。好きなようにしてよい」

お伝の方が金を持っていけと扇子で合図した。

「いえ、これは受け取れませぬ」

良衛は首を左右に振った。寵姫から金をもらったなどと噂になれば、良衛の御広敷番医師としての立場は悪くなる。今は、お伝の方の診察をすることで御広敷番医師としての禄《ろく》をもらっている形を取っているのだ。それが個別に謝礼をもらったとなれば、報酬の二重取りとして、目付《めつけ》から咎めを受けた。

「ものごとを探るには金が要ると聞いたぞ」

お伝の方の出自は庶民に近い。十二歳まで喰うや喰わずの毎日を送ってきただけに、お伝の方は金の重要性を知っていた。

「ですが……」

「受け取れ。表での褒賞は柳沢がするであろう。妾《わらわ》がそなたを引きあげてやるのはまずかろう」

寵姫の贔屓で出世したと言われれば、お伝の方がお褥《しとね》ご遠慮をして隠居したら、それに殉じて役目を引かなければならなくなる。

「これはお返しいたしまする」

それでも良衛は断った。

「そなた、お方さまのご好意を無にすると」

津島が怒った。

「その代わり、一つお願いがございまする」

「抑えよ、津島。矢切、申して見よ」

腹心を制して、お伝の方が良衛を促した。

「上様に普通のお食事をお召しあがりいただきたく、その手配をお方さまにお願いいたしまする」

良衛は普通の味付けを食べた綱吉の反応を知りたかった。それでどのくらい長く濃い味付けに晒されていたかの予測を付けようと考えていた。

「なるほどの。上様のご状況を知りたいと。だが、大奥で上様がお召しあがりになるものも御広敷台所で調製されるぞ」

一緒だとお伝の方が返した。

「台所人の遠坂《とおさか》というものが、今の上様の味付けに不満を持っておりまする。この者に話を通せば、どうにかいたしましょう」

「台所人はどうにかなっても、賄《まかない》吟味役がおろう」

お伝の方が難しいのではないかと問うた。

「賄方には貸しがございまする」

良衛はかつての貸しを使う決断をした。将軍を守るためだと台所頭はわかっている。御賄頭《おんまかないがしら》もそうなれば反論できない。

問題は、先に御家人の台所頭へ報せたというのが、御賄頭の矜持《きょうじ》にどのていどの傷を付けたかだけであった。

「お伝の方さまには上様をお誘いいただくのと、大奥での毒味役を黙らせていただきたく」

大奥でも毒味はおこなわれる。その者から異が出ては話が終わってしまう。良衛の心配はそこにあった。

「それならば大事ない。大奥での毒味は味に文句を言わぬ。いや、言えぬ。上様のお食事だぞ。それに口出しをしてみろ、ならばそちらがやって見せろと言われるのが落ちだぞ」

将軍の毒味をするとあれば、最下級で雑用をおこなうお末《すえ》ではなく、少なくとも御家人の娘以上になる。大奥で食事の用意をするのは局《つぼね》に属しているお末の役割で、毒味役の女中が包丁を持つことはない。何年も、何十年も調理などしていない大奥女中の作るものが、台所人の作る料理よりもまともなはずなどなかった。

「勝てぬことをせぬのが、大奥の女だ。届かぬ望みを持った者は遠からず、大奥からいなくなる」

大奥でお伝の方と寵《ちょう》を争う者もいないわけではないが、そのすべてに勝ち抜いてきたとお伝の方が胸を張った。

「妾に逆らう女中はおらぬ」

心配ないとお伝の方が断言した。

「早速上様にお手紙を差し上げようぞ。もっとも今日お願いして、明日とは参らぬぞ」

寵姫とはいえ、将軍へ無理を言うことはできない。綱吉の都合次第だとお伝の方が釘を刺した。

「もちろんでございまする」

わかっていると良衛が頭を下げた。

「それとこれとは話が別じゃ。妾に一度出したものを引っ込めさせる気ではなかろうな」

お伝の方が笑顔で良衛を見た。

「……ありがたく」

良衛は金を押しいただいた。

「…………」

金を薬箱へしまいながら、良衛はこれで逃げられなくなったと、心のなかでため息を吐いた。

四

綱吉はお伝の方からの手紙を受けて二日後、大奥へと来ていた。

「申しわけございませぬ。まだお閨《ねや》に侍《はべ》れませせぬ」

小座敷でお伝の方が手を突いて詫びた。

「よい、よい。そなたを抱けぬのは残念だが、女の身の宿命じゃ。それより、躬《み》に会いたいと願ってくれたのが愛《いと》おしいわ」

上機嫌で綱吉が許した。

「畏れ多いことでございまする」

「近《ちこ》う」

恐縮したお伝の方を綱吉が手招きした。

「はい」

お伝の方が綱吉の正面、半間（約九十センチメートル）ほどのところへと移った。

貴人に招かれても三度は遠慮すべきという礼儀は、大奥において適用されていなかった。

男である将軍が美姫《びき》を前に我慢できないからであった。

「夕餉《ゆうげ》を共にと申しておったが、矢切か」

小声で綱吉がお伝の方に確かめた。

「お見通しの通りでございまする」

お伝の方も声を潜めた。

将軍の食事は基本として御広敷台所で調理され、中奥で食べる。その例外が大奥であった。大奥にいる正室、生母、お腹さまらから、食事を一緒にという願いがあったときだけ、将軍は応じた。

もちろん、調理は御広敷台所でおこなわれ、大奥で何度も毒味を受けなければならなかった。

「台所で作ったのならば、同じであろうに」

綱吉が怪訝《けげん》な顔をした。

「御広敷台所で調理をさせましたが、おそらく違っておるはずでございまする」

「ほう」

告げたお伝の方に、綱吉の目が大きくなった。

「それは楽しみよな」

「では、早速にご用意を。津島」

笑った綱吉にほほえみ返して、お伝の方が供してきた津島に合図を送った。

「お膳をこれへ」

津島がさらに後ろに控えている小座敷担当の中臈《ちゅうろう》を見た。

「…………」

小座敷担当の中臈は、大奥における小納戸である。将軍が大奥へ来ている間の所用一切を司《つかさど》る。毒味も小座敷担当の中臈の職務であった。

「ご無礼をいたしまする」

綱吉とお伝の方の前に膳を置いた小座敷担当の中臈が下座へ戻り、残してあった二つの膳の一つを津島に渡した。

「お試し仕《つかまつ》りまする」

膳を前に平伏した小座敷担当の中臈が箸を手にして、膳のうえのものを一つずつ口にしていった。

「障りございませぬ」

食べ終わって一呼吸様子を見た小座敷担当の中臈が異常ないと報告した。

「お許しをたまわりまする」

続いて津島が同じように毒味をした。許しを乞うたのは、本来津島は小座敷で飲食できる立場ではないからであった。いや、小座敷に足を踏み入れることさえ、遠慮しなければならないのだが、お伝の方の勢威はそれを無理押しできるほど強かった。

「念の入ったことじゃ」

いつもより一回多い毒味に、綱吉が苦笑した。

「誰も信用できませぬ」

お伝の方が綱吉だけに聞こえるように言った。

「……大奥でもか」

綱吉が片方の眉をつり上げた。

「なにもございませぬ」

綱吉の疑問を遮るように津島が声をあげた。

「むっ」

一瞬、綱吉の眉間《みけん》に疳《かん》が走った。

「申しわけございませぬが、なにとぞ」

お伝の方が抑えてくれと頼んだ。

「わかっておる」

寵姫の宥めに、綱吉が息を吐いた。

「では、ご相伴を仕りまする」

最後の毒味として、お伝の方が箸を持った。

「お吸い物、よろしいかと」

「……うむ」

最後の毒味はすべてを食べてからではなく、一品ずつしていくのが慣例とされていた。これは中奥の流儀であり、台所、小納戸によって毒味をされた料理を、御座の間近くの囲炉裏の間で温め直して出すため、少しでも将軍に温かいものを食べてもらおうという気遣いから来ていると言われていた。

「……薄いの」

綱吉が不満そうな顔をした。

「どうぞ、最後までご辛抱を」

お伝の方が願った。

「……わかった」

うなずいた綱吉が二汁三菜の膳を終えた。

「下げよ」

食べ終わった綱吉が手を振った。

「はっ」

小座敷担当の中臈が綱吉、お伝の方、津島、そして己の膳を小座敷から片付けた。

「上様、他人《ひと》払いをお願いいたしたく」

「小座敷では難しいぞ」

寵姫の求めに、綱吉が頬をゆがめた。

大奥の主は御台所《みだいどころ》であり、綱吉の命は絶対という中奥とは話が違った。とくに小座敷と仏間の中臈は御台所直属であり、綱吉の一存で排除することはできなかった。寵姫といえども、御台所には勝てなかった。

「声が聞こえなければ、かまいませぬ」

小座敷下段の間の襖際まで遠ざけてもらえればいいとお伝の方が告げた。

「それくらいならば、信子《のぶこ》もうるさく申すまい」

綱吉の正室御台所鷹司《たかつかさ》信子は、京の出というのもあり、しきたりにうるさい。綱吉がしきたりを破れば、確実に説教をしてくる。といったところで、御台所に綱吉をどうこうする力はなく、せいぜい大奥への出入りをしばらく止めさせるのがよいところであった。

「一同、控えよ」

「はっ」

襖際へ下がれと言った綱吉の指示に、小座敷担当の中臈たちが従った。

「……………」

小姓《こしょう》のように文句を付けない小座敷担当の中臈たちに、お伝の方が口の端をゆがめた。

「上様、お好みの者はおられまするか」

お伝の方が問うた。

「あの者どものなかにか……」

訊かれて綱吉が、小座敷担当の中臈たちを見た。

小座敷担当の中臈は、御台所がこの者ならば手を出してもいいと許可した女でもあった。言いかたを変えれば、御台所の紐付きである。将軍の側に、己の息のかかった女を侍らせることで、お伝の方のような力を持つ寵姫を生みださないようにしているのだ。

「そうよなあ、あの二枚目の襖際に座っている者ならば、閨に呼んでもよいかの」

寵姫の前で堂々と新しい女の見定めをする。これは跡継ぎを作ることを何よりの大事とする将軍の義務でもあった。

「あの女をお召しと」

じっとお伝の方が綱吉の指名した小座敷担当の中臈を見た。

「なんの変化も……聞こえてはおりませぬ」

将軍からこの女をと名指しされれば、数日後には閨に侍ることになる。これは中臈として最高の栄誉であり、子供を産めばお腹さま、うまく世継ぎたる男子を産めばご母堂さまになり、実家も引きあげられる。それを目的としている小座敷担当の中臈なのだ。綱吉が興味を示してくれただけで、快哉《かいさい》を叫んで当然であった。

　お伝の方が安堵《あんど》した。

「怖い女じゃの、そなたは」

　綱吉が苦笑した。

「これも上様のおため」

「わかっておる」

　見つめてくるお伝の方に、綱吉が応じた。

「で、なんだ。ここまで気を遣うだけのことなのだろうの。聞かせよ」

　綱吉が話をしろと催促した。

「まず、お召しいただいた夕餉でございますが、上様には物足りぬ思いをなされたかと存じまする」

「ああ、味がせぬとは言わぬがの。薄すぎる」

　お伝の方の確認に綱吉が首肯した。

「台所人も上様のお味付けについては疑問を持っております。しかし、先代からの申し送りがあれば、それに従うのが役人」

「情けない。自ら考えて動かぬなど、役に立たぬではないか」

お伝の方の説に、綱吉が怒りを見せた。

「…………」

無言でお伝の方が綱吉の瞳を見つめた。

「……そうか。大奥で夕餉を供したのは、このためか。中奥でこの料理が出たら、躬はまちがいなく残すか、台所人を叱ったはず」

台所人は命がけの役目であった。

「まずい」

直接非難された場合も、将軍が一箸だけ付けて残した場合でも、担当した台所人は自らを処さねばならなかった。

このようなもの喰えぬと明言された場合は切腹となり、大量に残されたときはお役ご免になる。

綱吉の言動一つで大事になった。

「躬が騒げば、この策を仕掛けていた者が潜むか」

「ご明察でございまする。さすがは上様」

お伝の方が綱吉を讃《たた》えた。

毒にせよ、食事にせよ、なにかを仕掛けたおり、将軍が騒げば折角の案が台無しになる。当然、それを企《たくら》んだ者は罪を逃れるため、証拠を隠滅して己も潜む。そうなってしまえば、後ろに誰がいたのか、なんのために綱吉を害そうとしているのかがわからなくなった。

「そなたがおれば、躬を大人しくさせられる。よく考えておる。これは矢切の手配だな」

「はい。一昨日矢切が参りまして……」

台所での始終を聞いたとおりにお伝の方が伝えた。

「申し送りで躬の味付けをこうしろと言われたか……」

「矢切の言によりまするると、前の台所人が上様ご本丸入りのおりにいた者だろうと」

「そやつを呼びだし……いや、未《いま》だにそれをしておらぬのだな」

「はい」

「柳沢の手配りだな。あやつはそういうところに気が回る。躬の面目を守ろうとしたのだな。将軍が台所人の手で害されそうになっているなど、恥さらしもよいところだからの」

将軍の料理を作るのは名誉なことに違いないが、そこはやはり力で天下を取った徳川《とくがわ》家の旗本や御家人には自慢できない。いや、馬鹿にされる。武が足りぬゆえ、刀ではなく包丁を選んだと陰口をたたかれるような者に、将軍が狙われる。これは、一人綱吉だけの問題ではなく、その警固にかかわる小姓番、書院番などすべての旗本の責任となった。

「その通りでございまする。畏れ入りました」

まさに一を聞いて十を知るといった綱吉に、お伝の方があこがれの眼差《まなざ》しを向けた。

「…………」

好きな女のそんな目に、綱吉が照れた。

「……そのていどのことで、そなたは他人払いをさせぬであろう」

綱吉が気を取り直して訊いた。

「見抜かれておりました」

うれしそうにお伝の方が頰を緩めた。

「これも矢切が申しておりましたが……上様のご味覚を今の状態にするには、少なくとも神田館におられたときからでなければ難しいと」

「神田館に裏切り者がおったと言うのか」

己が子供のときから過ごした故郷ともいうべき神田館、そこに仕えてくれていた者は、皆綱吉にとって信頼できるはずであった。

「神田館でお仕えしていた者は、今……」

「躬の側近くにおるぞ」

問うようなお伝の方に綱吉が返した。

「表だけではございませぬ。御台所さまとわたくしの館におる女中どもも神田館から付いてきてくれた者ばかり」

「むううう」

お伝の方の言葉に綱吉がうなった。

「誰も信じられぬではないか」

「ご安心を、わたくしはかならずや上様のお側におりまする」

首を左右に振った綱吉の膝《ひざ》に手を伸ばしてお伝の方が宣した。

「そなたを疑うつもりはない。安心いたせ」

吾《わ》が子を産んでくれた女が信用できなければ、もう終わりである。綱吉はお伝の方の手を握った。

「上様」

「伝」

二人が見つめ合った。

「わたくしは怖ろしゅうございまする」

「なにを怖れることがある。伝は躬が守るぞ」

すっと目を逸《そ》らしたお伝の方に、綱吉が述べた。

「うれしゅうございまする。ですが、わたくしのことではございませぬ。もし、上様のお胤《たね》を三度授かれたとして、お生まれになった和子《わこ》さまが徳松君《とくまつ》のよう……」

「待て、そなた……」

震えるお伝の方になにか言いかけた綱吉が口を閉じた。

「…………」

無言でお伝の方が肯定を示した。

「……ぐっ」

綱吉が歯を嚙《か》みしめた。

徳松は綱吉がまだ館林《たてばやし》藩主のおり、お伝の方との間に生まれた。綱吉が館林藩主から将軍となった影響を受け二歳で館林藩主となり、続けて綱吉の世子として江戸城西の丸に移った。だが、わずか三年後、五歳の幼さで病死した。

ただ一人の男子を失った綱吉の落胆振りはすさまじく、しばらくの間大奥へ通うこともなくなったほどであった。

「なんとしてでも、手を下した者、命じた者を捕まえねばならぬ」

「……はい」

綱吉の憤怒にお伝の方も同じ思いだと伝えた。

「しかし、誰を信じてよいのだ」

ふと冷静になった綱吉が啞然とした。

「表も、奥も、西の丸も信用できぬぞ」

綱吉が苦い顔をした。

「柳沢どのは信用できましょう」

「ああ。あやつは躬の寵臣として動いておるからの。躬になにかあれば、あやつも一蓮托生《いちれんたくしょう》じゃ」

「わたくしも津島は大丈夫だと思っておりまする。津島はわたくしが上様のお閨に侍るようになってすぐ、付いてくれた者。もう二十年近く従ってくれておりまする。津島も妾が隠居いたせば、尼寺に行くしかございませぬ」

綱吉とお伝の方がうなずきあった。

いませぬ」

「さようでございまする。矢切が敵方ならば、上様のご体調に口を出すはずはござ

「矢切だな」

「そして、あと一人」

綱吉の出した名前に、お伝の方が首を縦に振った。

「あやつに任せるしかない……ということか。旗本八万騎の主である躬が、医者一人に頼るしかないとは情けない」

小さく綱吉が嘆息をした。

「いえ、上様。これから増えて行くのでございまする。堀田筑前守《ほったちくぜんのかみ》さまに代わる者として柳沢どのをお引き上げになり、そして矢切に医師をまとめさせれば」

「今からか」

綱吉が目を閉じた。

「矢切を奥医師の頭に据えれば、少なくとも上様のお身体への不安はなくなりまする。台所支配も命じればよろしゅうございます。矢切が申しておりました。わたくしを初めて診たときに、食べものから変えていかねば、健やかさは成りたたぬと」

「医師に台所を支配させるか。となれば、奥医師の格を今少し上げねばならぬな。

賄頭を抑えられるくらいにな。典薬頭《てんやくのかみ》にさせれば、賄頭も文句を言うまいが……」

典薬頭は諸太夫《しょだいぶ》で従五位になる。布衣《ほい》格でさえない御賄頭より、はるかに格上であった。

「いや、典薬頭は医師ではない。医師でなければ躬の身体を任せるに値せぬ」

格だけで医師を選んではいけないというのは、徳川の家訓のようなものである。

「そなたの言うように奥医師頭を設ければよいな。三百石ほどの役高で布衣格を与えれば、台所を支配しても問題はなかろう」

綱吉が前向きに考え出した。

「そうなされませ」

お伝の方が勧めた。

「とはいえ、なにもなく引き上げるわけにはいかぬぞ。柳沢はまだよい。躬の側近くで働いておるゆえな。周囲にも働きが見える。実際、気働きが利くのはたしかだ。ただ、つい先日出羽守《でわのかみ》にしてやったところだ。続けての引き上げは、あやつのためにはなるまい。周囲がうるさかろう」

「それくらいは、上様のおために耐えていただかねばなりませぬ」

冷たくお伝の方が言った。

「きついの、そなたは」

「わたくしは上様にだけ甘くいたせばよいのでございまする」

笑った綱吉に、お伝の方が告げた。

「そうじゃな。では、出羽守には辛《つら》い思いをしてもらうとしよう。しかし、矢切はどうする。あやつは御広敷番医師、手柄など立てようがないぞ」

「わたくしが……」

そっとお伝の方が己の腹に手を当てた。

「なるほどの。そなたが孕《はら》めば、それは矢切の手柄だ。奥医師にするに十分だが、産科での奥医師になってしまうぞ。産科では奥医師の頭とはいかぬ。産科を上に戴《いただ》くなぞ、本道や外道の医師が黙っておるまい」

綱吉が難しいと首を横に振った。

「そのような連中は辞めさせてしまえばよろしいのでございます。上様のお身体のことを思わぬ奥医師など、不要」

お伝の方が怒気を露わにした。

「愛しいことを言う」

綱吉がお伝の方へ手を伸ばして引き寄せた。

「……まだ、駄目なのか」

「申しわけもございませぬ。明日には上様のお役に立てるかと」

お伝の方がすがりつきながら囁《ささや》いた。

「そうか。ならば、明日も来よう」

「お待ち申しあげておりまする」

翌日を約束した綱吉を、お伝の方が甘やかな目で見上げた。


五十両は重い。純粋な重さもあるが、それ以上に良衛の心に負担がかかっていた。

良衛はため息を吐いた。

「断りきれなかった」

南蛮流外科術の名手として、良衛の名前は近隣で知られている。そのためか、町内をこえたところからも患者はやってくる。そのほとんどは仕事中に怪我をした大工や鳶《とび》だが、たまに有名な商家から往診の依頼があったりする。

そういった金満な患者をうまく治せば、かなりの金額を謝礼としてもらえる。五両や十両ならば、良衛も驚かなかった。だが、一度に五十両という金を見るのはめったにない。

長崎へ行く途中、京で師匠名古屋玄医《なごやげんい》から書物代として百両預けられた、といっても切手で現金を持ったわけではないが、まとまった金額を扱ったのはそのときくらいであった。

「返すことはできぬ」

お伝の方が出した金を断る。それは、将軍の寵姫に恥を掻《か》かせることになる。そんなまねをした御広敷番医師が無事でいられるはずもない。南蛮流産科術のおかげで、今すぐどうこうされることはないが、良衛が役立たずとばれるか、お伝の方が無事に懐妊したあと、なにかしらの報復はある。

「やるしかないな」

良衛は肚《はら》をくくった。

いつもより少し早めに下城した良衛は、まず遠坂の前任者である台所人を訪ねることにした。

「右筆《ゆうひつ》に話を通せれば楽なのだが……」

幕府役人の任免、屋敷地の移動などは右筆が担当し、そこに問い合わせれば、今どこに屋敷が有り、何役を務めているかはすぐに知れた。

だが、御広敷番医師が右筆にものを問う、それも役人の人事については、あり得ない。だからといって柳沢吉保に任せれば、目立つ。寵臣が興味を持つとはどのような者だと、右筆が気にする。なにせ右筆部屋には、幕府開闢《かいびゃく》以来の人事記録が残っているのだ。そこからどう話が拡がるかわからなかった。

「このあたりか」

遠坂から聞いた前任者の屋敷付近に良衛はたどり着いた。

旗本は表札を出していない。また、よく似た禄の旗本、御家人を同じ町内にまとめる。

並んでいる屋敷に、良衛は戸惑った。

「……どこかに尋ねる相手は」

良衛はあたりに目をやった。

「あそこに小者が出ているな」

武家屋敷しかない辺りは、人通りが少なかった。町人たちも武家屋敷を通路にはしたがらない。無礼討ちはさすがにもうなくなっているが、ぶつかりでもしたらどのような目に遭わされるかわからないのだ。多少遠回りしても町民地を通る。

「卒爾《そつじ》ながら……」

「なんでござる」

良衛に声をかけられた小者が、掃除の手を止めた。

「この近くに安田《やすだ》どののお屋敷があると聞いて参ったのでござるが」

「安田さまならば、そちらの角でございまする」

小者が屋敷を指出した。

「かたじけなし」

礼を言って良衛は背を向けようとした。

「行かれてもお留守でござる」

「お留守……」

いかに近隣の小者とはいえ、他家の当主がいるかいないかまで知っているのは異常であった。良衛は怪訝な顔をした。

「遠国《おんごく》務めになられたのでございますよ」

小者が伝えた。

「どちらの国へ」

「大坂《おおさか》城代副番《そえばん》方として五年前に」

問うた良衛に小者が答えた。

「五年前……遠坂どのが台所人になって五年……ということは台所人を辞めてすぐ

の転任ということになる」

良衛が驚いた。

「失礼だが、安田どのの禄はご存じか」

「安田さまなら、たしか二百石だったと」

訊かれた小者が、自信なさそうに言った。

「……たしか、台所人だったときは百五十俵で御家人だったはず。それが二百石の番士。番士といえば目見えできる」

「はい。当時かなり噂になりました。将軍さまの御料理を作って二百石とは、よほどうまい料理を出したのだろうと」

「…………」

良衛はなんともいえない顔をした。

「さようならば、お邪魔するわけには参りませぬな。いや、手を止めさせて申しわけなかった」

小者に礼を言って、良衛は安田の屋敷側から離れた。

「もう一人は……」

井下《いのした》から聞いた先任漬けもの係の屋敷近くでも同じ返答が返ってきた。いや、こちらのほうがよりすごかった。

「もう何年になりますか、台所人から新居《あらい》奉行所与力として転居なされましたよ。いや、もとは八十俵でございましたのに、いきなり倍の百五十石」

良衛の質問に答えた隣家の家人が衝撃だったと告げた。

新居とは東海道《とうかいどう》の浜名湖《はまなこ》にある関所である。新居関所は箱根《はこね》の関所と並んで重要なものとされ、千石から三千石くらいの旗本が関所番として派遣された。与力は百五十石を与えられ、関所の運営一切を取り仕切る。身分は目見え以下だが、それでも大出世であった。

「いや、かたじけない」

ここでも良衛の探索は終ってしまった。

「二人とも出世して、遠国だと。これは偶然ではないな」

屋敷へと戻りながら、良衛は思案した。

「さすがに大坂や新居へは行けぬ」

二人からの聴取を良衛はあきらめた。

「となれば、残るは神田屋敷におられたころの上様を拝診していた医師」

神田館にも医師は常駐していた。

「当然、医師は上様の異常さを知っていたはず。それを黙っていただけでなく、次にも引き継がせた」

　歩きながら良衛は思案した。

「医師にそれだけのことをさせる」

　基本、医師は患者を救おうとする。それが治療をせず、放置していた。

「手を出すな。そのままにしておけと医師に命じられる人物……」

　神田館にいたころの綱吉は、館林藩主ではあったが領地にはいかず、ずっと江戸にいた。これは四代将軍家綱の弟、将軍の身内として遇されていたからだ。

「奥医師の誰か……」

　将軍の家族は奥医師が担当する。そこまで考えた良衛はぞっとした。

「今もその奥医師はいる……」

　奥医師は代替わりの影響を受けにくい。医者は政《まつりごと》にかかわらないという建て前があるため、将軍が代わってもほとんど入れ替わりがなかった。もっとも父親の二代将軍秀忠《ひでただ》と仲の悪かった三代将軍家光《いえみつ》のように、己が将軍となったとたん、台所人から奥医師までほとんど総入れ替えに近いまねをした前例もあるが、綱吉の場合はあらかじめ用意された継承ではなかったこともあり、執政たちは替えてもその辺りまで手を伸ばしていなかった。

「……上様が診察を拒まれたことで、ばれたと気付いたのではないか」

良衛は蒼白になった。

もし奥医師が綱吉への刺客であったなら、いつでも殺せる。

「今はまだ上様が診察拒否をなされ、奥医師を近づけておられぬゆえ大事ないだろうが……これをいつまで続けられるわけでもない」

奥医師に診察をさせない。これは将軍が病気になってもわからないということになる。この状態を老中たちが静観しているはずはなかった。

「一度で結構でございまする。今、異常がないかどうかだけでも確認させていただきたく」

こう老中から言われると、無視はできない。老中は将軍でさえ一目おくべき相手なのだ。

「一度だけじゃ」

こう綱吉が認めてしまえば、良衛に止める力はない。かといって誰が敵かもわからぬうちから奥医師を訴えることもできない。それこそ、奥医師の地位を狙った良衛は先達を誣告《ぶこく》したと取られかねない。

「どうすれば……」

良衛は困惑するしかなかった。

本書は書き下ろしです。

表《おもて》御《ご》番《ばん》医《い》師《し》診《しん》療《りょう》録《ろく》11

埋《まい》伏《ふく》

上《うえ》田《だ》秀《ひで》人《と》

平成30年 2月25日　初版発行

発行者●郡司 聡

発行●株式会社KADOKAWA
〒102-8177　東京都千代田区富士見2-13-3
電話 0570-002-301（ナビダイヤル）

角川文庫 20790

印刷所●株式会社暁印刷　製本所●本間製本株式会社

表紙画●和田三造

ISBN978-4-04-106437-5　C0193

角川文庫発刊に際して

角川源義

第二次世界大戦の敗北は、軍事力の敗北であった以上に、私たちの若い文化力の敗退であった。私たちの文化が戦争に対して如何に無力であり、単なるあだ花に過ぎなかったかを、私たちは身を以て体験し痛感した。西洋近代文化の摂取にとって、明治以後八十年の歳月は決して短かすぎたとは言えない。にもかかわらず、近代文化の伝統を確立し、自由な批判と柔軟な良識に富む文化層として自らを形成することに私たちは失敗して来た。そしてこれは、各層への文化の普及滲透を任務とする出版人の責任でもあった。

一九四五年以来、私たちは再び振出しに戻り、第一歩から踏み出すことを余儀なくされた。これは大きな不幸ではあるが、反面、これまでの混沌・未熟・歪曲の中にあった我が国の文化に秩序と確たる基礎を齎らすためには絶好の機会でもある。角川書店は、このような祖国の文化的危機にあたり、微力をも顧みず再建の礎石たるべき抱負と決意とをもって出発したが、ここに創立以来の念願を果すべく角川文庫を発刊する。これまで刊行されたあらゆる全集叢書文庫類の長所と短所とを検討し、古今東西の不朽の典籍を、良心的編集のもとに、廉価に、そして書架にふさわしい美本として、多くのひとびとに提供しようとする。しかし私たちは徒らに百科全書的な知識のジレッタントを作ることを目的とせず、あくまで祖国の文化に秩序と再建への道を示し、この文庫を角川書店の栄ある事業として、今後永久に継続発展せしめ、学芸と教養との殿堂として大成せんことを期したい。多くの読書子の愛情ある忠言と支持とによって、この希望と抱負とを完遂せしめられんことを願う。

一九四九年五月三日

角川文庫ベストセラー

切開　表御番医師診療録1
上田秀人

表御番医師として江戸城下で診療を務める矢切良衛。ある日、大老堀田筑前守正俊が若年寄に殺傷される事件が起こり、不審を抱いた良衛は、大目付の松平対馬守と共に解決に乗り出すが……。

縫合　表御番医師診療録2
上田秀人

表御番医師の矢切良衛は、大老堀田筑前守正俊が斬殺された事件に不審を抱き、真相解明に乗り出すも何者かに襲われてしまう。やがて事件の裏に隠された陰謀が明らかになり……。時代小説シリーズ第二弾！

解毒　表御番医師診療録3
上田秀人

五代将軍綱吉の膳に毒を盛られるも、未遂に終わる。表御番医師の矢切良衛は事件解決に乗り出すが、それを阻むべく良衛は何者かに襲われてしまう……。書き下ろし時代小説シリーズ、第三弾！

悪血　表御番医師診療録4
上田秀人

御広敷に務める伊賀者が大奥で何者かに襲われた。表御番医師の矢切良衛は将軍綱吉から命じられ江戸城中から御広敷に異動し、真相解明のため大奥に乗り込んでいく……書き下ろし時代小説シリーズ、第4弾！

摘出　表御番医師診療録5
上田秀人

将軍綱吉の命により、表御番医師から御広敷番医師に職務を移した矢切良衛は、御広敷伊賀者を襲った者を探るため、大奥での診療を装い、将軍の側室である伝の方へ接触するが……書き下ろし時代小説第5弾。

角川文庫ベストセラー

往診 表御番医師診療録6
上田秀人

大奥での騒動を収束させた矢切良衛は、御広敷番医師から、寄合医師へと出世した。将軍綱吉から褒美として医術遊学を許された良衛は、一路長崎へと向かう。だが、良衛に次々と刺客が襲いかかる――。

研鑽 表御番医師診療録7
上田秀人

医術遊学の目的地、長崎へたどり着いた寄合医師の矢切良衛。最新の医術に胸を膨らませる良衛だったが、出島で待ち受けていたものとは？　良衛をつけ狙う怪しい人影。そして江戸からも新たな刺客が……。

乱用 表御番医師診療録8
上田秀人

長崎へ最新医術の修得にやってきた寄合医師の矢切良衛の許に、遊女屋の女将が駆け込んできた。浪人たちが良衛の命を狙っているという。一方、お伝の方は、近年の不妊の疑念を将軍綱吉に告げるが……。

秘薬 表御番医師診療録9
上田秀人

長崎での医術遊学から戻った寄合医師の矢切良衛は、江戸での診療を再開した。だが、南蛮の最新産科術を期待されている良衛は、将軍から大奥の担当医を命じられるのだった。南蛮の秘術を巡り良衛に危機が迫る。

宿痾 表御番医師診療録10
上田秀人

御広敷番医師の矢切良衛は、将軍の寵姫であるお伝の方を懐妊に導くべく、大奥に通う日々を送っていた。だが、良衛が会得したとされる南蛮の秘術を奪おうと、彼の大切な人へ魔手が忍び寄るのだった。

角川文庫ベストセラー

角川文庫ベストセラー

人斬り半次郎（賊将編）　池波正太郎

中村半次郎、改名して桐野利秋。日本初代の陸軍大将として得意の日々を送るが、征韓論をめぐって新政府は二つに分かれ、西郷は鹿児島に下った。その後を追う桐野。刻々と迫る西南戦争の危機……。

にっぽん怪盗伝　新装版　池波正太郎

火付盗賊改方の頭に就任した長谷川平蔵は、迷うことなく捕らえた強盗団に断罪を下した！　その深い理由とは？　「鬼平」外伝ともいうべきロングセラー捕物帳全12編が、文字が大きく読みやすい新装改版で登場。

近藤勇白書　池波正太郎

池田屋事件をはじめ、油小路の死闘、鳥羽伏見の戦いなど、「誠」の旗の下に結集した幕末新選組の活躍の跡を克明にたどりながら、局長近藤勇の熱血と豊かな人間味を描く痛快小説。

戦国幻想曲　池波正太郎

〝汝は天下にきこえた大名に仕えよ〟との父の遺言を胸に、渡辺勘兵衛は槍術の腕を磨いた。戦国の世に「槍の勘兵衛」として知られながら、変転の生涯を送った一武将の夢と挫折を描く。

英雄にっぽん　池波正太郎

戦国の怪男児山中鹿之介。十六歳の折、出雲の主家尼子氏と伯耆の行松氏との合戦に加わり、敵の猛将を討ちとって勇名は諸国に轟いた。悲運の武将の波乱の生涯と人間像を描く戦国ドラマ。

角川文庫ベストセラー

夜の戦士（上）（下）　池波正太郎

塚原卜伝の指南を受けた青年忍者丸子笹之助は、武田信玄に仕官した。信玄暗殺の密命を受けていた。だが信玄の器量と人格に心服した笹之助は、信玄のために身命を賭そうと心に誓う。

仇討ち　池波正太郎

夏目半介は四十八歳になっていた。父の仇笠原孫七郎を追って三十年。今は娼家のお君に溺れる日々……仇討ちの非人間性とそれに翻弄される人間の運命を鮮やかに浮き彫りにする。

江戸の暗黒街　池波正太郎

小平次は恐ろしい力で首をしめあげ、すばやく短刀で心の臓を一突きに刺し通した。男は江戸の暗黒街でならす闇の殺し屋だったが……江戸の闇に生きる男女の哀しい運命のあやを描いた傑作集。

炎の武士　池波正太郎

戦国の世、各地に群雄が割拠し天下をとろうと争っていた。三河の国長篠城は武田勝頼の軍勢一万七千に包囲され、ありの這い出るすきもなかった……悲劇の武士の劇的な生きざまを描く。

卜伝最後の旅　池波正太郎

諸国の剣客との数々の真剣試合に勝利をおさめた剣豪塚原卜伝。武田信玄の招きを受けて甲斐の国を訪れたのは七十一歳の老境に達した春だった。多種多彩な人間を取りあげた時代小説。

角川文庫ベストセラー

戦国と幕末　池波正太郎

戦国時代の最後を飾る数々の英雄、忠臣蔵で末代まで名を残した赤穂義士、男伊達を誇る幡随院長兵衛、そして幕末のアンチ・ヒーロー土方歳三、永倉新八など、ユニークな史観で転換期の男たちの生き方を描く。

賊将　池波正太郎

西南戦争に散った快男児〈人斬り半次郎〉こと桐野利秋を描く表題作ほか、応仁の乱に何ら力を発揮できない足利義政の苦悩を描く「応仁の乱」など、直木賞受賞直前の力作を収録した珠玉短編集。

闇の狩人　(上)(下)　池波正太郎

盗賊の小頭・弥平次は、記憶喪失の浪人・谷川弥太郎を刺客から救う。時は過ぎ、江戸で弥太郎と再会した弥平次は、彼の身を案じ、失った過去を探ろうとする。しかし、二人にはさらなる刺客の魔の手が……。

忍者丹波大介　池波正太郎

関ヶ原の合戦で徳川方が勝利をおさめると、激変する時代の波のなかで、信義をモットーにしていた甲賀忍者のありかたも変質していく。丹波大介は甲賀を捨て一匹狼となり、黒い刃と闘うが……。

俠客　(上)(下)　池波正太郎

江戸の人望を一身に集める長兵衛は、「町奴」として、つねに「旗本奴」との熾烈な争いの矢面に立っていた。そして、親友の旗本・水野十郎左衛門とも互いは心で通じながらも、対決を迫られることに——。